# *Retablo jovial*

*Parua sunt haec;*
*sed parua ista non contemnendo*
*maiores uestri maximam hanc rem fecerunt.*

[Pequeñas son estas cosas;
pero no despreciando las pequeñas,
vuestros antepasados hicieron la más grande].

(TITO LIVIO, *Ab urbe condita*, VI,41,8)

*Dirección de colección:*
Ángel Basanta

NUEVA BIBLIOTECA DIDÁCTICA

ANAYA

# Retablo jovial

## Alejandro Casona

*Edición, introducción, notas*
*y orientaciones para el estudio de la obra:*
José Manuel Cabrales Arteaga

*Ilustración:*
José María Ponce

Juan Ignacio Luca de Tena, 15. 28027 Madrid

Diseño y cubierta: aderal tres

Primera edición, octubre 2001

ISBN: 84-667-0622-4
Depósito legal: Na. 2.526/2001
Impreso en Rodesa, S. A.
(Rotativas de Estella, S. A.)
31200 Estella (Navarra)
Impreso en España - Printed in Spain

# Índice

INTRODUCCIÓN



RETABLO JOVIAL
*Cinco farsas en un acto*

Orientaciones para el estudio de la obra

# Introducción

*Para las profesoras Norma Mosos*
*y Clemencia Persson.*
*J. M. Cabrales*

# LA ÉPOCA: ESPAÑA EN LA PRIMERA MITAD DEL SIGLO XX

La vida del dramaturgo Alejandro Casona (Asturias, 1903 - Madrid, 1965) transcurrió en medio de las fuertes convulsiones políticas y sociales que afectaron a España en la primera mitad del siglo XX. Podemos establecer dos períodos principales, cuyos acontecimientos más importantes señalamos a continuación; antes conviene recordar que tras el llamado «desastre de 1898», que supuso la pérdida de las colonias de Cuba, Filipinas y Puerto Rico, poco había cambiado en el panorama político, marcado por la alternancia pacífica en el poder de los partidos liberal y conservador, bajo la monarquía de Alfonso XIII.

## Del cambio de siglo a la Guerra Civil (1898-1939)

*Convulsiones políticas y sociales*

• *1909:* Se inicia una larga y costosa guerra en Marruecos. En Barcelona se convoca una huelga general y se producen los disturbios que recibirán el nombre de Semana Trágica.

• *1917:* Huelga general revolucionaria contra el sistema de alternancia pactada de los dos principales partidos en el poder. Entra en crisis el sistema político de la Restauración.

• *1921:* La sangrienta derrota de las tropas españolas ante los rebeldes marroquíes en Annual sume en el descrédito al ejército y la monarquía.

• *1923:* El general Miguel Primo de Rivera asume el poder con el consentimiento de Alfonso XIII. Se inicia una dictadura blanda (1923-1930) que en 1925 logra poner fin a la guerra de Marruecos.

*En esta fotografía de 1918 podemos ver a Alfonso XIII departiendo con el entonces presidente del Gobierno, el conservador Antonio Maura.*

• *1931:* Proclamación de la II República el día 13 de abril. Alfonso XIII y su familia parten voluntariamente hacia el exilio.

• *1934:* Las tensiones sociales y los enfrentamientos latentes entre izquierdas y derechas desembocan en el levantamiento de los mineros asturianos, sofocado por el ejército en un cercano anticipo de lo que sería la Guerra Civil.

• *1936-1939:* El 18 de julio de 1936 el general Franco se subleva contra la República; se inicia así una larga guerra de desgaste que dura tres años, a la par que sirve de ensayo general a la Segunda Guerra Mundial, que comenzó el 1 de septiembre de 1939 con la invasión de Polonia por las tropas alemanas.

## La Era de Franco (1939-1975)

Al término de la Guerra Civil se instauró en España un gobierno personal de carácter autoritario presidido por el general Francisco Franco, jefe indiscutido del bando que triunfó en la contienda. El régimen de Franco se prolongará hasta 1975; a lo largo de sus cuatro décadas de duración se suceden varias etapas que tendrán claro reflejo en el desarrollo de la literatura española:

*1)* Reconstrucción nacional (1939-1942). España se acerca a Alemania e Italia en los primeros años de la Segunda Guerra Mundial. La literatura sigue una *tendencia escapista,* evitando en lo posible referencias al reciente enfrentamiento fratricida.

*2)* Aislamiento internacional (1943-1952). Tras la derrota de sus antiguos aliados, el régimen de Franco sufre un aislamiento por parte de las potencias vencedoras en la II Guerra Mundial. España queda expulsada de las Naciones Unidas y los embajadores se retiran de Madrid. En la literatura se abre un período de *reflexión existencial* marcado por la angustia del escritor ante el cúmulo de desgracias acaecidas en España y en el mundo.

*España durante el franquismo*

*3)* Apertura al exterior (1953-1965). Mientras en el mundo se va imponiendo la «guerra fría» entre capitalismo y comunismo, España recupera posiciones en la escena internacional; en 1953 se firman los acuerdos bilaterales con los Estados Unidos y 1955 marca el ingreso de España en la ONU. En el ámbito literario los años cincuenta están presididos por el *realismo social,* que consideraba la literatura como un instrumento para denunciar las injusticias y cambiar la sociedad.

*4)* Desarrollo económico y modernización (1966-1975). Los años sesenta supusieron el despegue económico de España y la superación del aislamiento internacional, merced al creciente número de turistas que contribuyen a modernizar las costumbres nacionales. En el ámbito político Franco conserva todo el poder, si bien en 1966 somete a referéndum la Ley Orgánica del Estado por la que se nombra sucesor al príncipe Juan Carlos con el título de Rey. Los escritores tienen la oportunidad de conocer las nuevas tendencias estéticas originadas fuera de nuestras fronteras, lo que se traduce en un *afán de experimentación* que, con ciertos excesos, llega hasta 1975.

El desenlace de la Guerra Civil y la posterior consolidación del Régimen de Franco tuvo además tres consecuencias que incidieron de manera notable en el desarrollo de los distintos géneros literarios:

*Consecuencias del franquismo en el ámbito literario*

*a) Ruptura* con las tendencias literarias previas, que habían situado a las letras españolas en una verdadera Edad de Plata.

*b) Exilio* de buena parte de los intelectuales, que constituirán durante décadas lo que se ha llamado la «España peregrina». Ello obliga a considerar durante estos años dos literaturas españolas: la del interior y la del exilio, que contó con nombres de la relevancia de Juan Ramón Jiménez, Ortega y Gasset, Ramón Gómez de la Serna, Ramón J. Sender, Alejandro Casona y varios de los poetas del 27.

*c)* La actuación dentro del territorio nacional de una activa *censura,* a través de la cual el Régimen procuraba evitar que en las obras literarias aparecieran críticas al sistema político imperante, alusiones despectivas al catolicismo y escenas o situaciones que atentaran contra la moral y las buenas costumbres. La presencia de la censura afectó de manera especial al género dramático.

# LITERATURA: PRINCIPALES MOVIMIENTOS LITERARIOS

Para situar adecuadamente la fecunda personalidad literaria de Alejandro Casona es preciso recordar algunos movimientos que sirvieron de punto de partida o se desarrollaron en paralelo a su creación dramática; son estos:

*El Modernismo*

—*El Modernismo* entró en España de la mano del poeta nicaragüense Rubén Darío (1867-1916), cuyo libro *Azul* (1888) supuso para la poesía española el comienzo de una renovación que muchos equiparan a la que Garcilaso de la Vega llevó a cabo en el siglo XVI, al introducir la poética renacentista. En las dos décadas siguientes Darío se convierte en el más influyente escritor de las letras hispánicas. El movimiento, cuyo objetivo central sería la búsqueda de la belleza junto con la evasión de la realidad cotidiana, supone una absoluta renovación de la expresión literaria, al plantear conflictos alejados de la realidad inmediata expresados con un lenguaje por completo diferente al habla común, puesto que la palabra se convierte en el principal instrumento para crear belleza.

*El teatro poético*

—*El teatro poético,* llamado también teatro histórico-modernista, supuso la irrupción del Modernismo en la escena: se caracteriza por el uso de versos variados, lenguaje sonoro y musical, ambientes exóticos (la Edad Media, Hispanoamérica, la Granada musulmana), personajes de una pieza con ademanes retóricos y efectistas, y una escenografía que trata de reproducir fielmente los ambientes históricos en los que se desarrolla la acción. Estos autores —en especial Eduardo Marquina y Francisco Villaespesa, ambos de ideas conservadoras—

miran con nostalgia el pasado imperial en obras protagonizadas por el Cid Campeador *(Las hijas del Cid),* los Reyes Católicos, el Gran Capitán o los tercios de Flandes *(En Flandes se ha puesto el sol).* Pero Marquina escribió así mismo una serie de obras de ambientación rural y notable aliento lírico —como *La ermita, la fuente y el río*— que influirán en algunas de las piezas dramáticas de García Lorca y de Alejandro Casona ubicadas en el medio rural.

*El teatro innovador*

—*El teatro innovador de la generación del 27:* entre los miembros de la generación del 27 —a la que por edad y formación perteneció Casona— hubo intentos de renovar el panorama bastante convencional y burgués de la escena española. García Lorca fue el que llegó más lejos con sus tragedias de ambientación rural, como *Bodas de sangre;* pero hay que citar también la trasfiguración poética de la realidad que se produce en las piezas teatrales de Pedro Salinas; el teatro de ideas, abstracto y vanguardista del primer Max Aub; los melodramas sociales de Miguel Hernández, inspirados en Lope de Vega; el humor del absurdo presente en las comedias de Enrique Jardiel Poncela y Miguel Mihura.

*Los escritores del exilio*

—*Los escritores del exilio,* entre los que se sitúa la segunda parte de la producción teatral de Casona. En su nómina se cuentan algunos de los grandes nombres de la literatura española del siglo XX, como Juan Ramón Jiménez, Ramón J. Sender o Luis Cernuda. Conviene, sin embargo, tener en cuenta que entre estos autores los vínculos que existen son fundamentalmente ideológicos: todos ellos están contra la dictadura, y en sus obras aparecen algunos temas recurrentes: el recuerdo de la España anterior a 1936, la añoranza de los amigos desaparecidos, el deseo de regresar, reflexiones acerca de la guerra, sus causas y sus consecuencias o la descripción de los nuevos ambientes en los que viven, así como las circunstancias del destierro.

Entre los autores teatrales cabe distinguir cuatro corrientes principales: teatro político, heredero en cierto

*Cartel original de Juan Antonio Morales para la representación de* Yerma, *de Federico García Lorca en 1935.*

modo del esperpento valleinclanesco, representado por Rafael Alberti; teatro realista, que evoluciona del vanguardismo a un cierto compromiso social (Max Aub); teatro existencialista o intelectual, en el que se plantean cuestiones intemporales, como la felicidad, el amor o la muerte (Pedro Salinas); y teatro poético o simbolista, donde entra Alejandro Casona, sin duda el más importante de los comediógrafos exiliados.

*El teatro realista y comprometido*

—*El teatro realista y comprometido:* fue el que se encontró Casona al regresar a España en 1962. Con el estreno en 1949 de *Historia de una escalera* —obra de un dramaturgo hasta entonces inédito: Antonio Buero Vallejo (1916)— se abre camino la modalidad dramática más representativa de los años cincuenta: el teatro realista centrado en el compromiso político y la denuncia social; su presencia en los escenarios será escasa a causa de sus habituales problemas con la censura.

Sobre el alcance y finalidad de este teatro polemizaron sus dos principales representantes —Buero Vallejo y Alfonso Sastre (1926)— en un debate esencial para entender no solo la situación de la escena española en estos años, sino también la función del intelectual en un

*Alfonso Sastre*

régimen intolerante. Para Sastre —partidario de un *teatro de agitación social,* abiertamente enfrentado al Poder— el dramaturgo debe poner la finalidad política por encima de la artística:

«Precisamente, la principal misión del arte, en el mundo injusto en que vivimos, consiste en transformarlo. El estímulo de esta transformación, en el orden social, corresponde a un arte que desde ahora podríamos llamar de "urgencia". Queda dicho que todo arte vivo, en un sentido amplio, es justiciero; este arte que llamamos de "urgencia" es una reclamación acuciante de justicia, con pretensión de resonancia en el orden jurídico».

De este modo, tras unos inicios cercanos al drama existencial *(Escuadra hacia la muerte),* no tarda Alfonso Sastre en inclinarse hacia el teatro de denuncia *(Muerte en el barrio, La cornada),* sistemáticamente prohibido por la censura. La radicalización ideológica posterior le llevó a experimentar con elementos de la tragedia clásica, el teatro del absurdo, el esperpento y el teatro de Bertold Brecht, en lo que él denomina «Tragedias complejas», como *La sangre y la ceniza,* inspirada en la figura histórica de Miguel Servet.

*Antonio Buero Vallejo*

Frente al teatro de la ruptura, *Antonio Buero Vallejo* (1916-2000) defiende un *teatro de lo posible:* el autor debe acatar ciertas normas del sistema social, así como determinadas imposiciones de la censura, para que sus obras puedan subir a los escenarios y desde allí ejerci-

*Los actores José María Rodero y Luisa Sala en una escena de la representación de* El Concierto de San Ovidio, *del dramaturgo Antonio Buero Vallejo.*

tar la lucha contra la injusticia. Por eso en sus obras se vale a menudo de personajes históricos o de situaciones alejadas de la actualidad para deslizar su mensaje acerca de los males presentes. Como consecuencia de ello Sastre dejó de estrenar, en tanto que Buero pudo mantener el contacto con los espectadores a lo largo cinco décadas. Su trayectoria dramática pretende reflexionar sobre la situación del hombre en el mundo, afectada por circunstancias como la opresión *(El concierto de San Ovidio),* la intolerancia *(Un soñador para un pueblo),* la falta de alicientes *(Historia de una escalera),* el engaño *(Diálogo secreto),* la soledad *(El sueño de la razón)* o la mentira *(El tragaluz).* A menudo la acción se plantea como el gradual descubrimiento de la verdad oculta por algún personaje, cuyo comportamiento indigno resulta castigado al final de la obra. En uno de sus dramas históricos se fijó especialmente Casona a la hora de componer *El caballero de las espuelas de oro,* escrita tras su regreso a España, que se convertiría luego en la última obra que compuso.

## EL AUTOR Y LA OBRA

Alejandro Casona, cuyo nombre originario fue Alejandro Rodríguez Álvarez, figura entre los más importantes dramaturgos españoles contemporáneos, al lado de Valle-Inclán, Benavente, García Lorca y Buero Vallejo. Nacido en la aldea asturiana de Besullo en 1903, mostró desde joven una decidida vocación pedagógica, que le llevó a estudiar Magisterio, encargarse de una escuela en un valle del Pirineo leridano y ocupar plaza como Inspector de Enseñanza en Madrid. Escribió teatro desde muy joven y fue galardonado en 1933 con el Premio Lope de Vega por *La sirena varada,* que representó su primer estreno triunfal; poco después obtuvo otro éxito clamoroso con *Nuestra Natacha* (1936).

*Inspector de Enseñanza*

Al estallar la Guerra Civil viaja a México como director artístico de la importante compañía dramática Díaz de Artigas-Collado; en 1939 se establece en Buenos Aires, al tiempo que continúa su incesante creación teatral, siempre respaldada por un público entusiasta; entre sus títulos más alabados hay que mencionar *La dama del alba* (1944), *La barca sin pescador* (1945), *Los árboles mueren de pie* (1949) y *La casa de los siete balcones* (1956). A partir de 1956 se acentúa su nostalgia de España, que culmina en abril de 1962 con su regreso definitivo a Madrid, donde fijará su residencia.

*Exilio en México y Buenos Aires*

*Éxito internacional*

Es entonces cuando Casona, autor de fama internacional, debe enfrentarse con el rechazo de algunos jóvenes críticos españoles, que no perdonaban a la ilustre figura consagrada fuera de nuestras fronteras su alejamiento de la realidad española: su teatro no se ajustaba a los cánones del realismo social antes mencionado. Ello desmoralizó bastante al autor, pese al apoyo incondicional de los espectadores; por eso quiso demostrar —en la que a la postre se convirtió en su última obra— cómo era capaz de adaptarse a la moda vigente; para ello se fijó en dos dramas del ciclo histórico de Buero Vallejo —*Un soñador para un pueblo* (1958) y *Las Meninas* (1960), ambas muy bien acogidas por el público— al escribir *El caballero de las espuelas de oro* (1964), recreación del enfrentamiento entre el genial Quevedo y el poder absoluto, representado por el conde-duque de Olivares, que acabará encerrándolo en una inhóspita prisión. En plena celebridad, Casona falleció de una dolencia cardiaca en septiembre de 1965.

**El teatro de Alejandro Casona**

En la trayectoria literaria de Alejandro Casona hay que destacar tres vertientes esenciales:

*Vocación pedagógica*

*1) Vocación pedagógica,* evidente desde el comienzo de su carrera dramática: ya en su etapa como maestro en el pueblo leridano de Les fundó con los chicos de

*Cartel de «La Barraca». A través de esta compañía teatral Federico García Lorca llevó a cabo una labor de acercamiento del teatro al pueblo, al igual que haría Alejandro Casona con el grupo de teatro de las Misiones Pedagógicas.*

la escuela la compañía «El pájaro Pinto», para la que escribió un teatro infantil, adaptando tradiciones del Valle de Arán. Luego, el Gobierno de la República le nombró director del grupo de teatro de las Misiones Pedagógicas, cuya función era representar por los pueblos de España piezas clásicas y del teatro popular, al igual que haría García Lorca con los jóvenes universitarios de «La Barraca». Para estas Misiones escribió Casona las dos primeras farsas reunidas en el *Retablo jovial.*

*Teatro de las Misiones Pedagógicas*

Además, en varias de sus obras no solo hay voluntad de enseñar a través de una especie de moraleja, sino también reflexiones en torno a la educación. Es el caso de *Nuestra Natacha,* centrada en este personaje femenino en desacuerdo con la forma de tratar a los muchachos conflictivos en los reformatorios de la época, por lo que funda una especie de granja donde lleva a cabo una positiva labor de redención. En *La tercera palabra* se dramatiza la oposición naturaleza / sociedad a través de la relación entre Pablo (hombre primitivo e ingenuo) y Marta, maestra con ideas abiertas; la conjunción de los dos daría lugar a la personalidad ideal, identificada con el hijo que ambos van a tener.

*Reflexiones sobre la educación*

*Adaptación de obras clásicas*

*2) Adaptación de obras clásicas:* de principio a fin de su carrera Casona se inspiró en conocidas obras maestras de la literatura universal, demostrando una particular habilidad para incorporar tanto el espíritu como sus rasgos de estilo. Lo comprobaremos con detalle al analizar el *Retablo jovial,* pero es preciso mencionar ahora cómo su producción dramática se había iniciado en 1929 con *El crimen de Lord Arturo,* adaptación de un cuento de Oscar Wilde; poco después aprovechó una novela de un autor hoy olvidado (Hernández Catá) para escribir *El misterio de María Celeste.* En 1932 obtuvo el Premio Nacional de Literatura con una obra en prosa de extraordinario interés: *Flor de leyendas,* preciosa serie de leyendas y mitos populares recogidos con la intención de familiarizar a los niños con las diversas tradiciones europeas y orientales.

*Escena de la representación de* El caballero de las espuelas de oro. *Este drama histórico sobre el enfrentamiento de Francisco de Quevedo con el conde-duque de Olivares fue escrito por Alejandro Casona a su regreso a España en 1963.*

En 1951 se produjo el estreno de una de sus obras menos conocidas: *¡A Belén, pastores!,* una especie de retablo infantil para representar en Navidad, lleno de religiosidad popular. Su profundo conocimiento del teatro clásico español se manifestó en afortunadas versiones de *El burlador de Sevilla,* de Tirso de Molina (1961); *Peribáñez y el comendador de Ocaña,* de Lope de Vega (1962); *La Celestina,* de Fernando de Rojas (1965) y *El sueño de una noche de verano,* de Shakespeare (1963). Con todo, su talento para aprovechar el legado clásico sobresale especialmente —además de en el *Retablo jovial*— en *El caballero de las espuelas de oro;* porque en esta obra con frecuencia Casona incorpora textos del propio Quevedo, pasajes claramente identificables como el célebre soneto «Cerrar podrá mis ojos»; versos de la jácara «Relación que hace un jaque de sí y de otros», además de mezclar de forma habilísima textos de los *Sueños, La culta latiniparla,* la *Aguja de navegar cultos* y otros con palabras de su propia invención. El resultado es una presencia escénica de Quevedo que rebosa verosimilitud y fuerza.

*Obra original*

*3) Creación dramática original,* marcada por dos rasgos:

*a)* Equilibrada mezcla o conflicto entre fantasía y realidad. Porque las obras más representativas de Casona escenifican la necesidad de que lo real y lo soñado o lo misterioso convivan en armonía. Es el caso de *La sirena varada,* cuya acción tiene lugar en una isla en la que se refugian unos personajes para evitar la dureza y el sufrimiento de la vida cotidiana, aunque al final se darán cuenta de que solo en medio de esta podrán desarrollarse plenamente. *Prohibido suicidarse en primavera* tiene lugar en un sanatorio al que acuden quienes quieren tener una muerte hermosa, aunque la verdadera intención de su fundador es conseguir que los pretendidos suicidas se atrevan a asumir la verdad. En *La barca sin pescador* asistimos además a la presencia del diablo, el cual ofrece a un financiero arruinado la posibilidad de salvarse si consiente la muerte de un desconocido; el financiero accede, salva su fortuna, pero no descansará hasta conocer a la familia del fallecido. Se pueden añadir otros títulos en los que se plantean este tipo de cuestiones morales, bastante alejadas de ese reflejo de los problemas de la España de los años cincuenta que propugnaban los dramaturgos del realismo social.

*Fantasía y realidad*

*b)* Uso de un lenguaje cargado de resonancias poéticas, que contrasta con la expresión realista predominante en el teatro de sus contemporáneos. Como afirma uno de sus editores a propósito de su obra maestra, *La dama del alba:* «Las metáforas y los símiles fluyen de labios de los personajes de extracción popular sin que disuenen lo más mínimo, pues se inscriben en un marco rural y se apoyan en fórmulas expresivas, como sentencias o frases proverbiales, muy próximas a la dicción del pueblo». Con esta pieza, estrenada en 1944, Casona llegó a la cumbre de su carrera dramática, al fundir con acierto supremo lenguaje poético, fantasía y realidad. Se trata de una bella historia de amor y de muerte ambientada en una aldea de su As-

*Resonancias poéticas*

*Alejandro Casona (1903-1965) es pseudónimo de Alejandro Rodríguez Álvarez. Exiliado en México y luego en Argentina, regresó a España en 1963 y se estableció en Madrid, donde fallecería dos años después, en pleno éxito.*

turias natal. A ese pueblecito llega una joven y misteriosa peregrina —la muerte— para visitar a una familia que trata de reponerse de la trágica desaparición de Angélica, que se fugó con otro hombre tras casarse con Martín. Cuando ella quiere volver al cabo de cuatro años, la Peregrina velará para que se mantenga la tranquilidad familiar disuadiendo a Angélica de que rompa de nuevo la paz que todos han alcanzado sin ella. El lenguaje cargado de imágenes recuerda a menudo las mejores creaciones del teatro de Lorca, en tanto que la introducción de romances y leyendas cantados muestran la influencia de Lope de Vega y otros dramaturgos clásicos.

## Presentación del *Retablo jovial*

*Amor por el teatro popular y adaptación de textos clásicos*

El *Retablo jovial* reúne algunos de los mejores valores del teatro de Casona, en particular su amor por el teatro popular y su capacidad para adaptar textos clásicos. Se compone de cinco farsas breves: *Sancho Panza en la ínsula, Entremés del mancebo que casó con mujer brava, Farsa del cornudo apaleado, Fablilla del secreto bien guardado* y *Farsa y justicia del Corregidor.* Cada una de ellas tiene una fecha de composición diferente; las dos primeras se habían estrenado ya en España antes de la Guerra Civil de 1936, puesto que el autor las escribió para figurar en el repertorio que las Misiones Pedagógicas representaban por los pueblos de las dos Castillas. Las otras tres se compusieron en el exilio americano, y se publicaron en 1949 bajo el título general mencionado. Desde entonces se han convertido en una de las creaciones más conocidas del autor —la edición de Austral iba por la decimoquinta edición en 1996— y en textos de representación casi obligada por parte de los grupos de teatro escolar.

*Origen literario de las piezas que componen la obra*

Cada una de las piezas tiene un origen literario anunciado por Casona en su «Nota Preliminar». *Sancho Panza en la ínsula* escenifica parte de lo narrado por Cervantes en los capítulos 45, 47 y 49 de la segunda parte del *Quijote.* El *Entremés del mancebo que casó con mujer brava* se basa en el Ejemplo XXXV de *El conde Lucanor,* obra del Infante don Juan Manuel. *La Farsa del cornudo apaleado* procede de una narración situada en la Jornada VII del *Decamerón* de Boccaccio. La *Fablilla del secreto bien guardado* no tiene una fuente precisa, si bien el autor señala su origen en un cuento popular italiano; por último, *Farsa y justicia del Corregidor* tiene bastante que ver con la Patraña VI, incluida por Juan de Timoneda en *El Patrañuelo,* colección de relatos publicada en 1567.

# CRITERIO DE ESTA EDICIÓN

El *Retablo jovial* fue concebido y compuesto por Alejandro Casona a lo largo de un período de casi dos décadas; sin embargo, el autor tuvo ocasión de supervisar la primera edición de la obra, publicada en Buenos Aires en 1949 y que ha servido de modelo a todas las posteriores. Al tratarse de obras sencillas, destinadas a un público amplio, no se encuentran pasajes oscuros ni grandes dificultades léxicas o de orden histórico-literario.

Por su carácter escolar, esta colección es el lugar idóneo para leer y representar estas joyitas del teatro popular. Hemos tratado de respetar las expresiones tradicionales que el autor utiliza a menudo, sobre todo en los dos primeros textos, para crear el adecuado «tono de época», aunque todas ellas se explican de forma sencilla en las notas léxicas situadas en los márgenes del texto. Las notas críticas o explicativas, colocadas a pie de página, tienen dos funciones principales: de un lado, poner de manifiesto las relaciones de cada pieza con los textos clásicos en los que se inspiró Casona; del otro, subrayar los elementos propiamente dramáticos y escenográficos de cada una de ellas, con la intención de facilitar la lectura en voz alta e incluso la representación en clase.

Esta es la línea que predomina también en las *Orientaciones para el estudio de la obra,* donde se ha intentado que el alumno descubra los recursos utilizados por el autor para convertir relatos o episodios novelescos en obras teatrales, y también lo que ha inventado él en relación con los modelos precedentes. Al tratarse de solo cinco piezas, se plantean actividades sucesivas para cada una de ellas. Al final se incluye un glosario de figuras literarias ejemplificadas dentro de las mismas obras.

# BIBLIOGRAFÍA SELECTA

La edición más difundida de *Retablo jovial,* se encuentra (junto con *El caballero de las espuelas de oro)* en la colección «Austral», 15ª ed., Espasa-Calpe, Madrid, 1996 (Introducción de Mª de las Mercedes Marcos Sánchez).

Para quienes quieran conocer aún más la vida y la creación literaria de Alejandro Casona resultan muy útiles los libros siguientes:

CASONA, Alejandro: *La sirena varada. Los árboles mueren de pie.* DÍAZ CASTAÑÓN, Carmen (Ed.). Espasa-Calpe, Madrid, 1996. (En el prólogo de Carmen Díaz Castañón se explican con claridad las claves de todo el teatro de Casona, con especial atención a su vertiente más poética, representada por estas dos obras).

— *Obras Completas.* SAINZ DE ROBLES, Federico Carlos (Pról.), Aguilar, México, 1954. (Admirador casi incondicional de la obra de Casona, Sainz de Robles continúa siendo una cita inexcusable para los que quieran acercarse a la obra del escritor asturiano; bastantes de sus comentarios siguen completamente vigentes).

ENTRAMBASAGUAS, Joaquín de: «El teatro de Alejandro Casona», *Clavileño,* nº 4, julio-agosto, 1950, págs. 34-36. (Ofrece ideas útiles sobre la producción del primer Casona).

GURZA, Esperanza: *La realidad caleidoscópica de Alejandro Casona.* Instituto de Estudios Asturianos, Oviedo, 1968. (En los capítulos 2 y 3 se analiza con detalle la relación entre realidad, fantasía e ilusión en el teatro de Casona).

PALACIO GROS, Adela: «Presencia de Asturias en la obra de A. Casona». *Boletín del Instituto de Estudios Asturianos,* nº 48, Oviedo, 1963, págs. 155-201. (Al hilo de la presencia de la tierra natal en sus obras, la autora repasa con detalle la biografía de Casona aportando noticias para interpretar numerosas escenas y situaciones).

RODRÍGUEZ RICHART, José Ramón: *Vida y teatro de Alejandro Casona.* Instituto de Estudios Asturianos, Oviedo, 1963. (El libro más completo sobre la creación dramática de Casona; este crítico ha preparado, además, una buena edición de *La dama del alba,* sin duda la obra más alabada del autor, en la editorial Cátedra, Madrid, 1985).

RUIZ RAMÓN, Francisco: *Historia del teatro español. Siglo XX,* 2ª ed., Cátedra, Madrid, 1975. (Se trata del mejor estudio de conjunto sobre el teatro español contemporáneo. Dedica a Casona un amplio espacio en el que analiza con objetividad todas sus obras con sus virtudes y defectos).

SÁNCHEZ ROJAS, Antonio: «Bibliografía de Alejandro Casona». *Boletín del Instituto de Estudios Asturianos,* nº 76, Oviedo, 1972, págs. 381-403. (Figuran todos los libros y artículos importantes publicados en los años en los que Casona era objeto de gran atención por parte de la crítica internacional).

# Retablo jovial

*Cinco farsas en un acto*

# NOTA PRELIMINAR

En 1931, el maestro de maestros Manuel B. Cossío abría con las Misiones Pedagógicas un capítulo ejemplar de la educación popular en España. No es hora de recordar aquí la honda raigambre y la limpia entraña social de aquella empresa, pero sí uno de sus aspectos, primera razón y fuente de estas farsas: el «Teatro del Pueblo», escena andariega, que, paralelamente a «La Barraca» de García Lorca[1], recorría el mapa rural de la Península llevando los gozos del arte a los más apartados rincones campesinos.

A semejanza de la carreta de Angulo el Malo, que atraviesa con su bullicio colorista las páginas del *Quijote*[2], el teatro estudiantil de las Misiones era una farándula ambulante, sobria de decorados y ropajes, saludable de aire libre, primitiva y jovial de repertorio. Formado por estudiantes y consagrado a auditorios sin letras, no podía ser de otra manera. Tanto por sus representantes como por su público, la comedia y el drama hubieran resultado géneros demasiado evolucionados para él. En cambio, la farsa, el proverbio y la fábula, con su juego violento y su sabor agraz, eran su

*Farándula:* Grupo teatral ambulante.

*Proverbio:* Pieza dramática breve que escenifica un refrán.

[1] *Manuel Bartolomé Cossío* (1858-1935) fue un pedagogo eminente que colaboró en las más importantes empresas de la Institución Libre de Enseñanza; entre ellas destacaron las *Misiones Pedagógicas*, uno de cuyos proyectos más originales fue la representación ambulante ante auditorios populares de obras dramáticas clásicas adaptadas; es lo que bajo el rótulo de Teatro del Pueblo llevarían a cabo Alejandro Casona y Lorca con el grupo «La Barraca» entre 1931 y 1935. *Federico García Lorca* (1898-1936), poeta y dramaturgo, es el más famoso de los escritores de la generación de 1927.

[2] En el capítulo 11 de la 2ª parte, don Quijote se encuentra con el carro de «Las Cortes de la Muerte», cuyo conductor se identifica como recitante de la compañía de *Angulo el Malo*, famoso director de comedias del último tercio del siglo XVI.

expresión natural, así como lo eran en la música el romance coral, la cantiga y la serranilla[3].

Juan del Encina, Lope de Rueda, el Cervantes de los entremeses, el Calderón de las jácaras y mojigangas, Ramón de la Cruz y el sabroso Molière[4] universal formaban la nómina de sus autores predilectos. Pero no vaya a imaginarse nadie, ante la gloria de tales nombres, que impulsaba a los estudiantes misioneros el más remoto propósito cultista. Lejos de ellos todo intento de reconstrucción histórica y perfectamente lavados de pedantería libresca, si se amparaban en tan ilustres firmas era precisamente por lo que sus temas tienen de milagrosa sencillez y frescura perdurable. «No hacemos más que devolver al pueblo lo que es del pueblo», decía Cossío. Lope el sevillano[5], Cervantes, Molière, fueron solo los acuñadores artísticos de esa plata redonda de curso legal en todo tiempo y lugar.

*Jácara:* Danza que se interpretaba en los descansos de las comedias.

*Mojiganga:* Breve obra teatral jocosa.

*Acuñadores:* Los que elaboraron; se emplea sobre todo en el ámbito de la joyería.

Durante los cinco años en que tuve la fortuna de dirigir aquella muchachada estudiante, más de trescientos pueblos —en aspa desde Sanabria[6] a la Mancha y desde Aragón a Extremadura, con su centro en la paramera castellana— nos vieron llegar a sus ejidos) sus plazas o sus porches, levantar nuestros bártulos al aire libre y representar el sazonado repertorio ante el feliz asombro de la aldea. Si alguna obra bella puedo enorgullecerme de haber hecho en mi vida, fue aquella; si algo serio he aprendido sobre el pueblo y teatro, fue allí donde lo

*Aspa:* Figura en forma de «x».

*Ejidos:* Campos de propiedad colectiva en las afueras de los pueblos.

*Porche:* Pórtico, soportal.

*Bártulos:* Objetos diversos de uso corriente.

[3] El *romance coral* era el que se cantaba en coro; la *cantiga* es una composición amorosa propia de la primitiva lírica gallego-portuguesa; la *serranilla* recogía en verso los requiebros amorosos de un caballero a una moza del pueblo, pastora o serrana.

[4] Son todos dramaturgos que cultivaron un teatro de inspiración popular: *Juan del Encina* (1468-1530) escribió piezas cortas protagonizadas por pastores rústicos; *Lope de Rueda* (hacia 1505-1565) fue el creador de los famosos «Pasos», origen del teatro menor del Siglo de Oro; *Pedro Calderón de la Barca* (1600-1681) fue uno de los más célebres dramaturgos españoles del siglo XVII; *Ramón de la Cruz* (1731-1794) obtuvo un éxito rotundo con unas piezas breves de carácter cómico denominadas sainetes; por último, *Molière* (1622-1673) en sus comedias criticó con extraordinario ingenio los principales vicios de la sociedad francesa de su época.

[5] Se refiere a Lope de Rueda, nacido en Sevilla.

[6] La comarca de Sanabria se encuentra al norte de la provincia de Zamora.

aprendí. Trescientas actuaciones al frente de un cuadro estudiantil y ante público de sabiduría, emoción y lenguaje primitivos son una educadora experiencia.

Allí comprobé una vez más que los grandes autores cómicos universales pueden divertir noblemente a un auditorio rural, y acaso más profundamente que a un público cultivado. Lo que en este es previa disposición sumisa al prestigio de un nombre, es en aquel espontánea adhesión al tema fértil, a la expresión jocunda, a esa mezcla de honradez esencial y sabrosa malicia que le es tan familiar. Al revés de lo que ocurre en las salas urbanas, la obra vive con total independencia del autor y con vida más fuerte que la suya; muchos de nuestros campesinos no han oído jamás el nombre de Cervantes, pero ninguno ignora el nombre, el gesto y la significación de Sancho.

*Jocunda:* Alegre.

Esto no era ciertamente un descubrimiento. Cien veces, siendo muchacho, había oído contar a mis labriegos de Asturias un desenfadado cuento de sacristanes rijosos besando nalgas por mejillas en la «gatera» de la cocina, o la burla de la proxeneta escondiendo al galán detrás de la sábana que finge mostrar al esposo, o el licencioso romance de un jardinero de monjas, y cuando supe de libros encontré que eran simples deformaciones regionales de otras tantas obras maestras de la literatura: el primero, uno de los *Canterbury Tales* (el cuento del Molinero); el segundo, *El viejo celoso*, de Cervantes, y el tercero, la historia XXII de Boccaccio[7] (Massetto de Lamporecchio); obras todas, a su vez, de evidente inspiración folclórica y tradición milenaria. No podía sorprenderme, pues, al mezclarme entre el

*Labriegos:* Campesinos.
*Sacristanes:* Ayudantes de los curas.
*Rijosos:* Aficionados a todo lo relacionado con el sexo.
*Gatera:* Agujero pequeño para que pudieran entrar y salir los gatos.
*Proxeneta:* Celestina, alcahueta y también persona que explota a la prostituta.
*Licencioso:* Picante.

[7] Los *Cuentos de Canterbury*, escritos por el inglés Geoffrey Chaucer (hacia 1340-1400), representan la cumbre de la literatura británica medieval. Se trata de los relatos que intercambian un grupo de peregrinos que se encaminan al santuario de Canterbury; la variedad, picardía y mezcla de lo trágico y lo cómico los asemejan mucho al *Decamerón* de Boccaccio (1313-1375), maestro de la narrativa corta italiana. *El viejo celoso* es uno de los más divertidos y picantes entremeses de Cervantes, directamente relacionado con una de sus *Novelas Ejemplares*: «El celoso extremeño»; en ambos casos se cuenta el engaño de un marido viejo por parte de su joven esposa.

público aldeano de nuestro teatro para escuchar sus comentarios, oír adelantar el final de un «ensiemplo» de *El conde Lucanor* a gentes que no tenían la menor noticia de que hubo en España un infante Juan Manuel aficionado, antes que el Marqués[8], a «los cuentos que cuentan las viejas junto al fuego». Sí, resueltamente, no hacíamos más que devolver al pueblo lo que es del pueblo, o por derecho de invención o por colonización tradicional.

Un día me dijo el maestro Cossío: «Habría que escenificar para nuestro teatro ambulante algún capítulo del *Quijote*». Antonio Machado[9], patrono de las Misiones, apuntó certeramente: «Los juicios de Sancho, además de malicia y donaire, tienen ese sentido natural de la justicia inseparable de la conciencia popular». (Nadie ha sentido como Machado el supremo valor artístico de las cosas que vienen del pueblo o tienen la fuerza suficiente para volver a él. Por boca de Mairena[10] dijo una vez redondamente: «En nuestra literatura, todo lo que no es folclore es pedantería»).

*Donaire:* Gracia.

Recogí la indicación del poeta como una orden, y una semana después leíamos juntos ese *Sancho Panza en la ínsula*, que fue incorporado inmediatamente al repertorio trashumante. Del mismo modo pasó a la escena el proverbio XXXV de *El conde Lucanor*, semilla fraterna de *La tarasca domada*, de Shakespeare[11]. He aquí

*Trashumante:* Que cambia de lugar.

[8] *Ensiemplo* (ejemplo) se llama cada uno del medio centenar de breves cuentos morales incluidos en *El conde Lucanor*, cumbre de la narrativa española medieval, escrita por el infante don Juan Manuel en la primera mitad del siglo XIV. El *Marqués* de Santillana (1398-1458) fue un escritor noble entre cuya dilatada obra destacan sus ocho serranillas. Es también autor de los *Refranes que dicen las viejas tras el fuego*, primera colección de refranes que existe en español.

[9] Antonio Machado (1875-1939) fue el gran poeta de la generación del 98 y una de las grandes figuras de la literatura española del siglo XX.

[10] Nombre del protagonista del libro de Antonio Machado así titulado (*Juan de Mairena*, publicado en 1936); se trata de un profesor de gramática y retórica —proyección del propio Machado— que expone sus ideas sobre la vida, la muerte, el arte y el mundo que le rodea.

[11] William Shakespeare (1564-1616) es el más importante dramaturgo de la lengua inglesa y una de las cimas de la literatura universal. La obra aquí citada dramatiza el mismo tema que ya aparecía en *El conde Lucanor* y Casona recupera en el *Entremés del mancebo que casó con mujer brava*.

el origen próximo de las dos primeras farsas que incluyo aquí y el origen remoto de las otras tres, realizadas años después en estas tierras de América, pero obedientes al mismo impulso inicial.

En las que proceden de obras literariamente elaboradas y respaldadas de plena autoridad (Cervantes, Juan Manuel, Boccaccio), mi trabajo se ha limitado a buscar con el máximo respeto la equivalencia dramática de la narración, sin visibles alteraciones en la fábula y los personajes, y trasladando al diálogo escénico, discretamente remozados, el lenguaje y el tono originales.

*Remozados:* Arreglados.

Por el contrario, en los temas de tradición anónima, llegados hasta mí en su desnudez argumental (la *Fablilla del secreto bien guardado* y *Farsa y justicia del corregidor*), he procedido con todas las licencias artísticamente permisibles. Sobre el cañamazo de una anécdota fértil en sugestiones he alzado sin trabas mi tinglado propio; la arquitectura escénica, la invención y tipificación de personajes, el montaje de situaciones y su resolución dialogal, todo ha sido trazado libremente. En cuanto al lenguaje de que aparecen revestidas, no necesitaré añadir que huye a sabiendas de todo rigor filológico, aceptando alegremente la distorsión pintoresca y el anacronismo venial, sin otra pretensión que la de contribuir a la sazón y colorido del conjunto.

*Fablilla:* Fábula o historieta breve.

*Licencias:* Permisos.

*Cañamazo:* Estructura.

*Tinglado:* Obra, artificio.

*Anacronismo:* Algo que no se corresponde con su tiempo.

*Venial:* De poca importancia.

La *Fablilla* procede de un cuento popular italiano del que solo conozco el tema, ignorando si alguna vez ha sido desarrollado literariamente. La *Farsa del corregidor* me llegó por primera vez en forma de apólogo oriental, recogido del dialecto cairota y divulgado en las escuelas de España por mi fraterno amigo Herminio Almendros en su libro *Pueblos y leyendas*. Parcialmente y en vieja versión «a la española» se encuentra en *El Patrañuelo*, de Timoneda[12] (Patraña sexta), donde

*Apólogo:* Cuento con intención moral.

*Cairota:* Procedente de El Cairo, capital de Egipto.

[12] Juan de Timoneda (1518-1583) fue un poeta y autor dramático de origen valenciano que en 1565 publicó *El Patrañuelo*, colección de breves narraciones de carácter realista y popular que sirvieron para aclimatar en España la novela corta de origen italiano.

figuran dos de los pleitos tan singularmente resueltos por la justicia rural: el de la mujer embarazada y el del rabo del burro: episodio este último que acaso tuvo en cuenta Cervantes para su colorida narración asnal —¡daca la cola, asturiano!— de *La ilustre fregona*[13].

*Daca la cola:* Acércame la cola.

En una palabra, las tres farsas primeras solo pretenden ser fieles transposiciones de género; las dos últimas, recreaciones personales, con plena libertad. Queden así delimitadas mis aportaciones y mi responsabilidad.

Finalmente, bien comprendo que, tanto por la ingenuidad primitiva de sus temas como el retozo elemental de su juego —chafarrinón de feria, dislocación de farsa, socarronería y desplante campesinos—, no son obras indicadas para la seriedad de los teatros profesionales. Si a alguien pueden interesar, será a las farándulas universitarias, eternamente jóvenes dentro de sus libros, o al buen pueblo agreste sin fórmulas ni letras, que siempre conserva una risa verde entre la madurez secular de su sabiduría.

*Retozo:* Diversión.

*Chafarrinón:* Pintura mala, borrón.

*Socarronería:* Ironía, burla.

*Agreste:* Tosco, rústico.

*Secular:* Con siglos de antigüedad.

A ellos dedico este *Retablo jovial.*

Alejandro CASONA

[13] Otra de las *Novelas Ejemplares* escritas por Cervantes; cuenta la historia de la criada de un mesón de Toledo que resulta ser descendiente de una familia noble.

# SANCHO PANZA EN LA ÍNSULA[1]

## Recapitulación escénica de páginas del *Quijote*

### PERSONAJES

SANCHO
EL MAYORDOMO
EL DOCTOR
EL CRONISTA
EL SASTRE
EL LABRADOR
EL VIEJO CON BÁCULO
EL VIEJO SIN BÁCULO
EL GRACIOSICO
LA BUSCONA
EL GANADERO
DOS PAJES

Guardias, marmitones, galopines[2] y pueblo de Barataria.

---

[1] Ínsula es palabra de origen latino que significa «isla»; alude aquí en tono paródico al territorio en el que va a gobernar Sancho, quizá recordando a Isanjo, Gobernador de la ínsula Firme, mencionado en otra novela de caballerías famosa, *Amadís de Gaula* (II,1). Casona escenifica aquí los capítulos 45, 47 y 49 de la 2ª parte del *Quijote*: los duques, para reírse de los dos protagonistas, harán realidad la promesa que el hidalgo había hecho a su escudero: por fin Sancho alcanzará el gobierno de la ínsula Barataria.

[2] *Báculo*: bastón alto; *marmitones*: ayudantes de cocina; *galopín*: chico joven.

*Sala de Justicia en el palacio de Sancho. Estrado y sillón con baldaquino rojo en que se lee la siguiente inscripción: «Hoy tomó posesión de esta ínsula Barataria el señor don Sancho Panza, que muchos años la goce».*

*Estrado:* Tarima adornada para actos solemnes.

*Baldaquino:* Adorno en forma de techo sustentado por cuatro columnas.

*El* CRONISTA, *asomado a un ventanal, contempla la plaza, donde se oyen vítores, tambores, chirimías y repique de campanas.*

*Vítores:* Alabanzas.

*Chirimías:* Instrumento popular parecido al clarinete.

*Entra el* MAYORDOMO.

MAYORDOMO: ¿Viene ya el señor gobernador?

CRONISTA: En este momento entra en la plaza rodeado de pajes y escuderos. Allí el pueblo le aclama, la guardia le rinde armas y el alcalde le besa las manos.

*(Cesa la música y se oye el rijo largo de un rebuzno).*

*Rijo:* Tendencia al placer.

MAYORDOMO: ¡Qué donosa figura hace nuestro gobernador en su jumento!

*Donosa:* Graciosa.

*Jumento:* Burro, asno.

CRONISTA: Pero decidme, por vuestra vida, que yo no salgo de mi asombro: ¿qué significa todo esto? ¿Es posible que nuestros señores los duques hayan elegido para gobernarnos a ese villanote de bota y alforjas, con trazas de labrador y barba de dos semanas?

*Villanote:* Hombre de pueblo.

MAYORDOMO: Los duques nos le envían, en efecto. Pero habéis de saber que todo esto no es más que una famosa burla. Este gobernador que aquí llega no es otro que el gran Sancho Panza, rústico simple y sin sal en la mollera.

*Mollera:* Cabeza.

CRONISTA: ¿El escudero de ese extraordinario loco al que llaman don Quijote de la Mancha?

*Viste y calza:* Expresión para identificar sin duda a una persona.

MAYORDOMO: El mismo que viste y calza. Según parece, el tal don Quijote le tenía prometido el gobierno de una ínsula a su escudero, que, por lo visto, no está mucho más cuerdo que su amo. Y nuestros señores los duques, en cuyo palacio se hospedaban ahora uno y otro, no han podido imaginar más divertida burla que esta: hacerle creer al bueno de Sancho que este lugar es la ínsula prometida[3], y dejarle que la gobierne durante unos días para ver hasta dónde llega su simpleza, pasando de destripar terrones a administrar justicia y a vivir como señor en un palacio.

*Destripar terrones:* Cavar la tierra.

*Pleitesía:* Homenaje.

CRONISTA: Entonces todos esos que le rinden pleitesía, ¿están en el secreto?

MAYORDOMO: Unos sí y otros no, para que no sabiéndolo algunos tenga esta patraña más trazas de verdad. Tratadle vos con toda cortesía y anotad por escrito los hechos y dichos memorables de Sancho Panza para comunicarlos a la señora duquesa, que espera dos fanegas de risa de esta nunca vista aventura.

*Patraña:* Engaño.

*Fanegas:* Medida de trigo.

CRONISTA: Silencio. Aquí llega nuestro gobernador.

*Alabarda:* Lanza que lleva en la parte de arriba una cuchilla en forma de media luna.

*(Vuelven a oírse vítores y música. Dos soldados de alabarda ocupan los umbrales, y entra* SANCHO, *de rústico, seguido por el* DOCTOR, PAJES *y Pueblo de Barataria. El* MAYORDOMO *se adelanta y, rodilla en tierra, le ofrece las llaves en un cojín).*

MAYORDOMO: Estas son las llaves de nuestra ciudad, señor. A vuestro corazón y a vuestro valeroso brazo las entregamos, poniendo en vos nuestra esperanza.

SANCHO: Luego ¿ya soy gobernador?

MAYORDOMO: Por la gracia de Dios y de nuestros señores los duques, lo sois desde aquí mismo.

---

[3] Para animarle a seguir en su compañía y pagar además sus servicios, don Quijote había prometido a Sancho Panza que cuando conquistara algún reino le nombraría a él gobernador de una ínsula o territorio pequeño.

Sancho: ¿Y puedo ya mandar?

Mayordomo: Ardiendo estamos todos en deseos de obedeceros como fieles vasallos.

Sancho: ¿Quién sois vos?

Mayordomo: Mayordomo soy de este palacio, con licencia vuestra.

*(Nuevo rebuzno).*

Sancho: Pues a vos mando en primer lugar, señor mayordomo. Cuidad de ese rucio que me ha traído como si fuera mi propio hermano.

*Rucio:* Burro, asno.

Mayordomo: ¿Qué rucio decís?

Sancho: Mi pollino, que por no avergonzarle con ese nombre vil, le llamo rucio por el color de su pelaje.

*Pollino:* Burro.

Mayordomo: *(Altivo)* ¿Y paréceos que soy yo hombre para cuidar pollinos?

Sancho: Paso a paso, señor mayordomo, no madruguéis tanto para ofenderos. Sepamos: si aquí estuviera mi mujer, Teresa Panza, ¿qué tratamiento le daríais?

Mayordomo: Tratamiento de señora, por ser la esposa del gobernador.

Sancho: Muy puesto en razón. Y si aquí estuviera mi hija, Sanchica Panza, ¿qué tratamiento le daríais?

Mayordomo: De señora también, como a hija de gobernador.

Sancho: Pues sabed que ese pollino es mi amigo fiel, mi compañero de fatigas, la lumbre de mis ojos y las telas de mi corazón. ¡Tratadle, pues, con la reverencia debida a un pollino del gobernador! Y llevad entendido que no será el primer asno que reciba honores por méritos que no son suyos.

Mayordomo: Pero, señor...

Sancho: No se hable más; el gobernador lo manda y basta. Y bien se está San Pedro en Roma; que, con quien tiene el mandar, callar y callar. Y entre dos muelas cordales nunca metas los pulgares. Pues no

*Cordal:* Muela que nace en la edad adulta, también llamada muela del juicio.

si no haceos de miel y os paparán las moscas[4]. Dicho está. ¡Cuídese de mi rucio!

MAYORDOMO: Como mandéis, señor. *(Al DOCTOR)* ¡Atiéndase al rucio del señor gobernador!

DOCTOR: *(Al CRONISTA)* ¡Atiéndase al rucio del señor gobernador!

CRONISTA: *(A un PAJE)* ¡Atiéndase al rucio del señor gobernador!

PAJE: *(Desde la puerta)* ¡Atiéndase al rucio del señor gobernador![5] *(La orden se repite fuera, alejándose, en rigurosa escala de precedencia[6]. SANCHO, que ha seguido pasmado el traslado de órdenes, comenta:)*

SANCHO: ¡Prodigiosa organización! Y vos, ¿quién sois?

CRONISTA: Cronista soy de esta ínsula, a vuestro servicio.

SANCHO: ¿Sabéis leer y escribir?

CRONISTA: ¿Pues cómo no, siendo cronista?

SANCHO: No os espante la pregunta, que más que cronista soy yo y nunca a leer ni escribir aprendí, si no fue a firmar con unas letras grandes como de marca de fardo, que decían mi nombre. Ahora bien, señor cronista: ¿qué quieren decir esas pinturas que ahí hay?

*Fardo:* Bulto de ropa.

CRONISTA: Ahí está escrito y notado el día en que vuestra señoría tomó posesión de este gobierno. Y dice así el epitafio: «Hoy tomó posesión de esta ínsula de Barataria el señor don Sancho Panza, que muchos años la goce».

*Epitafio:* Inscripción encima de una tumba.

SANCHO: *(Mirando en redondo)* ¿Y a quién llaman aquí «don» Sancho Panza?

CRONISTA: A vuestra señoría, que en esta ínsula jamás ha entrado otro Panza sino vos.

---

[4] Al igual que en el *Quijote* original cervantino, aquí Casona caracteriza el habla de Sancho Panza mediante la repetición incesante de castizos refranes.

[5] Las repeticiones de frases o situaciones dramáticas son típicas del teatro popular; servían para producir cierta comicidad, al tiempo que dejaban muy claro el mensaje ante un auditorio no familiarizado con las complicaciones argumentales.

[6] Pese a la simplicidad de las piezas, obsérvese la atención de Casona a estos detalles escenográficos —la voz alejándose fuera de las tablas— que permiten lograr bellos efectos dramáticos.

SANCHO: Pues advertid, hermano, que yo no tengo «don» ni en todo mi linaje lo ha habido. Sancho Panza soy a secas, y Sancho fue mi padre, y Sancho mi abuelo; y todos fueron Panzas, a mucha honra, sin añadiduras de dones ni doñas. De casta de labradores vengo y nunca me avergonzaré de ello; que este es consejo que me dio mi señor don Quijote. Y el que tiene corta la pierna no necesita larga la sábana. Nadie se precie de su cuna, que la sangre se hereda, pero la virtud hay que conquistarla; y la virtud vale por sí sola lo que la sangre no vale. Y más que, mientras dormimos, todos somos iguales: los ricos y los pobres, los mayores y los menores. Y después de muertos, el labrador y el obispo caben en un palmo de tierra. Conque, cepos quedos, que el hábito no hace al monje; y debajo de una mala capa puede haber un buen bebedor[7]... ¡Y no digo más!

*Palmo:* Medida de unos 21 cm, equivalente a la longitud de la palma de la mano extendida.

*Cepos quedos:* ¡Alto Ahí! (exclamación).

DOCTOR: Ni hace falta, señor, que todo eso está muy en su punto. Pero mirad que no parece bien en un gobernador ensartar tantos refranes, más propios del vulgo que de los hombres sabios.

SANCHO: ¿Y quién sois vos, hombre sabio, ni quién os ha dado vela en este entierro?

DOCTOR: Doctor soy a vuestras órdenes, graduado en la Universidad de Osuna[8].

SANCHO: Pues usad vos de vuestras bachillerías de Osuna y dejadme a mí usar de mis refranes, que son toda mi hacienda. Y nadie se tome con su gobernador; que el que manda, manda; y las necesidades del rico, por sentencias pasan en el pueblo. No os

*Bachillerías:* Conocimientos.

[7] Reproducción casi exacta de uno de los famosos versos que figuran en la «Invocación» que precede al *Libro de Buen Amor,* de Juan Ruiz, Arcipreste de Hita: «Bajo la espina crece la noble rosa flor, / so fea letra yace saber de gran doctor; / como so baja capa yace buen bebedor, / así, so mal tabardo, está el Buen Amor».

[8] La de Osuna —al igual que las de Cervera o Sigüenza— era una de la universidades menores, a menudo ridiculizadas por los eruditos; la burla es aún mayor, pues al parecer en aquella universidad no hubo Facultad de Medicina.

vengáis a estrellar contra el más fuerte; que si el cántaro da en la piedra o la piedra en el cántaro, mal para el cántaro. Conque, al buen entendedor..., bastante he dicho. Ahora, señores, preparad la comida del gobernador. Y sea abundante; que llevo siete leguas sin probar bocado, y pan y vino andan camino, que no mozo garrido.

*Legua:* Longitud equivalente a 5572 metros.

*Garrido:* Fuerte y hermoso.

*Yantar:* Comer.

MAYORDOMO: Perdón, señor; antes habéis de administrar justicia, que todavía no es la hora de yantar, y hay aquí unos pleiteantes aguardando.

SANCHO: ¿Son muchos?

MAYORDOMO: Por ahora, tres o cuatro no más.

SANCHO: Pues entren esos tales, y lluevan sobre mí pleitos, que si nadie me estorba con latines ni papeles, yo los despabilaré en el aire mejor que el mismo Salomón[9].

MAYORDOMO: He aquí la vara de la Justicia. Pero antes de tomarla, fuerza será que cumpláis con una vieja costumbre de esta tierra.

SANCHO: Así sea, que respetar las costumbres es ley de buen gobierno. Veamos qué es ello.

MAYORDOMO: Es la costumbre que todo el que viene a tomar posesión de esta famosa ínsula está obligado lo primero a responder a una pregunta que sea algo intrincada y dificultosa. Por esa respuesta el pueblo toma el pulso del ingenio de su nuevo gobernador, y así se alegra o se entristece con su venida.

*Intrincada:* Complicada.

SANCHO: Pues venga esa pregunta, que yo sentenciaré lo mejor que supiere sin perdonar derecho ni llevar cohecho. Y si no acierto, al que da lo que tiene, no se le pida más. Conque, adelante el preguntador.

*Cohecho:* Corrupción en un juez, soborno.

MAYORDOMO: Pues es el caso, señor, que a la entrada de esta villa hay un puente, y en la mitad del puente hay una horca. Y está mandado que a todo el que pase el puente se le pregunte adónde va. Si contes-

[9] Salomón, hijo de David, fue rey de los judíos; en la Biblia y luego en la tradición cristiana se le cita como ejemplo de sabiduría y buen juicio.

ta la verdad, se le deja ir libremente, pero si contesta mentira, se le debe ahorcar allí mismo. Pues bien, esta mañana llegó al puente un hombre, y al preguntarle los centinelas adónde iba, contestó: «Voy a morir en esa horca». Y ahí está lo grave, señor gobernador: que no hay manera de cumplir con la ley. Porque si se le deja libre resultará que se le deja habiendo dicho mentira, y si se le ahorca resultará que se le ahorca habiendo dicho verdad. ¿Cuál es vuestra sentencia?

SANCHO: *(Se rasca la cabeza resoplando)* Vamos despacio, que juez que mal se informa nunca bien pronuncia. ¿Manda la ley que al que diga verdad se le deje ir libre y al que diga mentira se le ahorque?

MAYORDOMO: Así es.

SANCHO: Y ese hombre al preguntarle: «¿Adónde vas?», contesta: «A morir en esa horca».

CRONISTA: Así es también.

SANCHO: Luego si se le deja ir libre no se cumple con la ley porque ha dicho mentira, y si se le ahorca tampoco se cumple con la ley, porque ha dicho verdad.

DOCTOR: Así mismo.

SANCHO: ¿Y ese es todo el intríngulis? Pues a fe que o yo soy un porro o este negocio se resuelve en dos paletadas. Porque si no hay manera humana de ahorcar a medio hombre dejando en libertad al otro medio, y si la balanza está en el fiel con las mismas razones para perdonarle que para condenarle, y ni condenándole ni perdonándole se cumple con la ley..., lo que sobra es la ley. Conque perdónese a ese hombre, que de doblarse alguna vez la vara de la Justicia, más vale que se doble hacia la misericordia que no hacia el castigo. Esta es mi sentencia.

*Intríngulis:* Complicación.

*Porro:* Necio, Bobo.

*Fiel:* Eje de la Balanza.

MAYORDOMO: ¿Han oído, señores?

PUEBLO: ¡Dios guarde a nuestro gobernador!

MAYORDOMO: Tomad, pues, la vara de la Justicia; que si todas vuestras sentencias son como esta, bien seguros podemos estar en vuestras manos.

SANCHO: Quédese aquí la vara, que ya habrá tiempo de usarla. Y vamos a comer, señores, que no tengo yo la cabeza para tanto pensamiento ni el estómago para tanto ayuno.

DOCTOR: Esperad todavía, señor; los pleiteantes aguardan.

SANCHO: Mala costumbre es esta de traer los pleitos a la hora de comer. Pero, en fin, el que quiera estar a las maduras esté a las duras, y cada palo aguante su vela, que cuando Dios amanece, amanece para todos. Que pasen esos hombres.

*(Sale un PAJE a dar la orden).*

MAYORDOMO: Tomad las insignias de vuestro cargo.

*Tabardo:* Prenda de abrigo.
*Cibelinas:* Tipo de piel.
*Velludo:* Terciopelo.

*(Ayudado por un PAJE le ciñe ceremonialmente un rico tabardo con guarnición de cibelinas, gorra de velludo con pluma y collar de oro. SANCHO toma la vara y sube solemnemente al estrado. Entre tanto, el DOCTOR comenta con el CRONISTA).*

DOCTOR: ¿Qué me decís de nuestro flamante gobernador?

CRONISTA: Que no tiene pelo de tonto, y no sería yo quien le metiera un dedo en la boca. Por burla se le ha nombrado; pero bien pudiera ser que, si sigue como hasta aquí, las bromas se vuelvan veras y salgan burlados los burladores.

*Ferreruelo:* Capa corta.
*Báculo:* Bastón alto.
*Audiencia:* Acción de escuchar por parte de un juez.

*(Pasa el CRONISTA a su mesa, donde va tomando nota de los juicios. Entran el LABRADOR con sus alforjas y el SASTRE con ferreruelo y grandes tijeras colgadas a la cintura. Tras ellos entran dos VIEJOS barbados —el uno con grueso báculo—, que permanecen al fondo esperando su audiencia).*

SASTRE: *(Mirando a todos)* ¿Quién es el señor gobernador?

SANCHO: ¿Quién va a ser? ¿No veis aquí la vara?

*(Corren los dos a sus pies, disputándose la palabra).*

SASTRE: ¡Dadme a besar esas manos justicieras!
LABRADOR: ¡Dadme a mí las manos y los pies!
SANCHO: ¡Ni manos, ni pies, ni besos! ¡Al grano, y barras derechas! ¿Qué negocio es el vuestro?

*Barras derechas:* Sin trampa.

SASTRE: ¡Justicia contra ese acusador embustero!
LABRADOR: ¡Justicia contra ese ladrón de sastre!
SASTRE: ¿Ladrón yo?
LABRADOR: ¿Embustero yo?
SANCHO: ¡Silencio los dos! Cómo, ¿no ensilláis y ya cabalgáis? ¿Es que puedo yo ver clara una cosa que me contáis turbia? Que hable uno solo.
SASTRE: Yo soy el acusado.
SANCHO: Pues pasad vos a este lado; quedaos vos en ese otro. Y hábleme el acusado por este oído, que el otro lo necesito para el que hable después.

*(Se inclina a un lado haciendo caracola con la mano en la oreja correspondiente).*

*Caracola:* Aquí, postura de la mano haciendo una especie de altavoz para oír mejor.

SASTRE: Yo, señor, soy sastre, que por mala fama que tenga es oficio tan de bien como otro cualquiera. Estando ayer en mi tienda llegó este labrador, me entregó dos cuartas de paño y me preguntó: «¿Habrá bastante con este paño para hacer una caperuza?». Yo, tanteando el paño, díjele que sí. Pero como los sastres tenemos esa maldita fama de quedarnos con una parte del paño como maquila, el hombre volvió a preguntar: «Diga, ¿y no habría bastante para hacer dos en lugar de una?». Yo le comprendí la intención, pero como nada se había hablado del tamaño, respondí que también. Entonces el muy zorro volvió a quedarse pensando y tornó a preguntar. «¿Y no podrían salir tres?». «Sí, como poder, también pueden salir tres». En fin, por no can-

*Caperuza:* Capucha.

*Maquila:* La parte de lo molido que correspondía al molinero.

sar, que él siguió añadiendo caperuzas y yo añadiendo síes, hasta que llegamos a cinco. Con esto ya le pareció bastante, y quedamos en que yo le haría cinco caperuzas. Ahora, al entregárselas, pone el grito en el cielo, y no solo no me quiere pagar la hechura, sino que pretende que yo le pague o le devuelva su paño. Eso es todo.

SANCHO: *(Cambiando ostensiblemente de mano y de oreja)* ¿Es así, hermano?

LABRADOR: Así es.

SANCHO: ¿Es verdad que vos le encargasteis las cinco caperuzas?

LABRADOR: Verdad.

SANCHO: ¿Y es verdad que él las hizo con el paño que le disteis y no con otro?

LABRADOR: Verdad también. Pero él nada me advirtió del tamaño. ¿Y sabe su señoría lo que ha hecho? ¡Muestra, muéstralas a la Justicia!

SASTRE: *(Sacando la mano de debajo del ferreruelo con una caperucita roja en cada dedo)* Aquí están las cinco, una por una. Y juro a Dios que nada me sobró del paño, y que están cortadas y cosidas con todas las de la ley.

LABRADOR: ¿No es un escarnio, señor gobernador?

SASTRE: Considere que él nada me dijo del tamaño. ¿Pues qué creía este bribón que puede hacerse con dos cuartas «adminículas» de paño?

*Adminículas:* Minúsculas (deformación lingüística).

SANCHO: ¡Basta ya! El pleito está bien claro y aquí no han de ser menester más leyes que juzgar a juicio de buen varón. Ninguno de los dos tiene razón porque los dos habéis obrado de mala fe. Por lo tanto, que pierda el labrador el paño, y el sastre que pierda su trabajo. Quédense aquí las caperuzas para enseñanza de pleiteantes. Y lárguense los dos con viento fresco, que no están los Gobiernos para perder su tiempo con pleitos menudos de truhanes y maliciosos. ¡Largo ahora mismo! *(Levanta la vara amenazando. Los dos litigantes corren atropellándose)* ¿Queda algún otro?

*Truhanes:* Pícaros.

*Litigantes:* Los que se enfrentan en un juicio.

DOCTOR: Estos dos ancianos, con pleito de dineros. (*Se adelantan los dos*).

SANCHO: Que hable el demandante.

VIEJO SIN BÁCULO: Es el caso, señor, que este vecino mío me pidió prestados hace tiempo diez escudos. Díselos con la mejor voluntad y tardé todo lo que pude en reclamárselos por no ponerle al devolvérmelos en mayor necesidad de la que tenía al pedírmelos. Ahora los necesito, y me niega la deuda diciendo que ya me los devolvió y que no me acuerdo.

*Escudo:* Antigua moneda castellana.

SANCHO: ¿Tenéis pruebas, buen viejo?

VIEJO SIN BÁCULO: Ahí está lo malo: que como le tenía por honrado, le entregué los escudos sin firma ni testigos.

SANCHO: *(Al MAYORDOMO)* ¿Es conocido en la ínsula el demandado como hombre de opinión y de creencias?

MAYORDOMO: Los dos lo son, señor. De ninguno de ellos se sabe que haya faltado nunca a su palabra.

SANCHO: ¿Qué queréis que haga yo entonces, hermano? Si él se empeña en que sí y vos en que no, bajo palabra, nada vamos a sacar en limpio.

VIEJO SIN BÁCULO: Solo pido a vuestra señoría que le tome juramento público y solemne. Téngolo por hombre de fe y no le creo capaz de falso juramento.

SANCHO: Sea como queréis. *(Se pone de pie y muestra un crucifijo)* ¿Estáis dispuesto a jurar delante de la santa cruz?

VIEJO CON BÁCULO: Dispuesto estoy. Tenme este báculo un momento, vecino. *(Entrega el báculo a su compañero, avanza y pone la mano sobre la cruz)* Yo confieso ante Dios que este buen amigo me prestó los diez escudos de oro. Y juro por la salvación de mi alma que se los he devuelto, poniéndolos con mi propia mano en su propia mano, solemne y públicamente. ¡Que el Cielo me condene si miento!

SANCHO: Hecho está el juramento. ¿Puedo hacer algo más por vos?

VIEJO SIN BÁCULO: Nada, señor. Por encima de todo es cristiano viejo[10] y no va a condenar su alma por diez escudos. No hay duda de que él tiene razón. Toma tu báculo, hermano, y quede saldada la deuda para aquí y para delante de Dios.

VIEJO CON BÁCULO: Así sea. *(Recoge el báculo)* ¿Puedo retirarme, señor?

*Rumiar:* Dar vueltas en la cabeza.

SANCHO: Aguarda un poco. *(Medita perplejo con el índice sobre la nariz. Rumia en voz alta las palabras del VIEJO, con un rebrillo sagaz en los ojos)* ¿De manera que se los habéis devuelto... con vuestra propia mano en su propia mano... solemne y públicamente?

VIEJO CON BÁCULO: Así fue.

SANCHO: ¿Y tanto os estorbaba ese báculo que no habéis podido jurar con él? A ver, dádmelo acá. ¡Pronto!

VIEJO CON BÁCULO: ¿Por qué, señor?

SANCHO: Porque algo me huele aquí a gato encerrado. Y a fe mía que si lo hay, es dentro de este báculo donde debe de estar. *(Lo examina buscando algo. Por fin destornilla el puño y vuelca sobre una bandeja, que acerca el MAYORDOMO, el báculo hueco, de donde salen las diez monedas)* ¡Ajá! ¿No os dije? ¡Aquí está el gato! *(Exclamaciones de asombro)* Tomad vuestros escudos, buen hombre. Y condénese a ese otro por falsedad pública; que el que solo dice la mitad de la verdad es igual que el que miente. Rematado el pleito.

MAYORDOMO: ¿Qué os parece de esto, señores?

CRONISTA: ¡Viva mil años nuestro gobernador!

PUEBLO: ¡Viva!

SANCHO: Déjense de gritos; y si real y verdaderamente quieren que viva, denme algo de comer, que no soy

[10] Los Reyes Católicos decretaron en 1492 la expulsión de los judíos y musulmanes que no se convirtieran al cristianismo. Los que se quedaron en España convertidos o «conversos» eran considerados cristianos nuevos, mirados con desprecio y recelo durante los siglos XVI y XVII por los que toda la vida habían sido católicos (los *cristianos viejos*). De ahí la respetuosa afirmación del personaje admitiendo que su vecino y rival pertenece al grupo de los cristianos viejos.

de piedra-mármol y me estoy cayendo de necesidad[11].

MAYORDOMO: ¡Hola! Tráigase aquí la mesa del señor gobernador, y retírese el pueblo. *(Salen baratarios y litigantes comentando el suceso. Mientras los PAJES traen una mesa rica de platos, cubiertos y manteles, el MAYORDOMO se acerca a SANCHO, que deja su vara y desciende a terreno llano)* Confieso que no salgo de mi pasmo. ¿Cómo pudisteis descubrir una industria tan sutil?

*Industria:* Habilidad, ingenio.

SANCHO: ¡Bah!, no tiene ningún mérito. Venirme a mí con malicias es como echar agua a la mar. A más que el cura de mi aldea me contó una vez un caso parecido; y tengo tal memoria, que a no olvidárseme todo lo que quiero recordar, no habría en esta ínsula memoria como la mía. *(Se acerca un PAJE, ofreciendo, rodilla en tierra, el aguamanos)* ¿Qué diablos es esto?

PAJE PRIMERO: El aguamanil, señor, para daros agua a las manos antes de la comida.

SANCHO: Nunca hice tal yo; pero pase, si es costumbre insular. *(Se lava las puntas de los dedos)* Y aun me daré con un canto en los pechos si no es más que esta el agua que los gobernadores han de sufrir en la comida[12]. *(Se sienta a la mesa. El otro PAJE acude a ponerle un babador randado)* ¿Babadores también? Nunca imaginé que fuera tan dificultoso esto de empezar a comer en los palacios. *(El DOCTOR se cala sus antiparras y en silencio solemne le contempla palmo a palmo. Pasa tras él y le mira del otro lado. Le toma el pulso, le examina la lengua)* ¿Qué demonios miráis vos?

*Babador randado:* Babero de encaje.

*Antiparras:* Gafas.

[11] Otro de los rasgos que definen a Sancho en el *Quijote* es su afición a la comida, algo muy característico de los personajes de la literatura popular; recuerda sin ir más lejos las situaciones en torno al comer en la novela picaresca o en los *Pasos* de Lope de Rueda.

[12] Algo parecido puede decirse de la afición a la bebida, que se corresponde con el menosprecio del agua, como hace aquí Sancho de forma indirecta; más adelante el protagonista ensarta cuatro populares refranes en defensa del vino.

DOCTOR: A vos miro, señor, para saber por vuestra figura qué cosa convendría mejor a vuestro estómago. Que soy el médico de este Gobierno y nada puedo permitiros tomar que sea en daño de vuestra preciosa salud. ¡Sírvanle de esa fruta al señor gobernador! *(Sirve un PAJE. SANCHO toma del bien abastecido frutero un gran racimo. A la segunda uva, el DOCTOR golpea sonoramente con su varilla en el cristal)* ¡Basta!

SANCHO: ¿Cómo que basta si aún no había empezado?

DOCTOR: La fruta es peligrosa por ser demasiadamente húmeda, y así es bien no usar de ella sino al principio de las comidas, como refrescante y solo para mojar los labios. ¡Entren esas perdices estofadas!

SANCHO: ¿Perdices tenemos? Vengan en buen hora, que ellas me aliviarán mejor que fruta ninguna.

*Fruición:* Satisfacción.

*(Destapa el plato y aspira con fruición el vaho. Aparta todos los cubiertos y toma a dedo un muslo. En cuanto le hinca el diente vuelve a oírse la varilla fatal).*

DOCTOR: ¡Basta!

SANCHO: ¿Otra vez?

*Aforismo:* Breve sentencia.

*Infolio:* Libro en tamaño de folio.

DOCTOR: Manjar es este del que se ha de usar con tiento. Porque ya nuestro maestro Hipócrates[13], luz y norte de la medicina, dijo en un aforismo *(Leyendo en un infolio)*: «Omnis saturatio mala; perdicis autem pessima». Que quiere decir: «Toda hartura es mala, pero la de perdices, malísima». ¡Retírese pronto ese peligro! ¿Qué plato es ese otro?

PAJE: Conejo guisado.

*Montaraz:* Fuerte, propio del monte.

DOCTOR: Fuera ese guiso también, que el conejo es manjar «peliagudo» y demasiadamente montaraz para estómagos delicados.

[13] Médico griego (460-377 a. C.) considerado el fundador de la Medicina; dio nombre al «juramento hipocrático» por el que los médicos se comprometen a buscar ante todo la curación del enfermo.

Hoy tomó posesión
de esta ínsula Barataria
el señor don Sancho Panza
que muchos años la goce

SANCHO: ¿Delicado el mío? Paso a paso, señor doctor, que más miedo tengo yo a la hambre que no a la hartura. No me venga con melindres, que más quiero asno que me lleve que no caballo que me despeñe. Y más, que siempre he oído decir que no hay estómago que sea un palmo mayor que otro. Y si el estómago es fuerte, no hay piedra que lo reviente; y si no, no hay ciencia que valga; que lo que es bueno para el bazo es malo para el espinazo. Conque quíteseme de delante y tengamos la fiesta en paz, que de la panza sale la danza. ¡Daca ese vino, muchacho!

*Melindres:* Cortesías.

*Bazo:* Órgano interno cercano al estómago.

*Daca:* Trae.

*(El* PAJE *sirve una copa. El* DOCTOR *se interpone).*

DOCTOR: ¿Vino decís? No en mis días, que el vino anubla el cerebro, altera los pulsos y desata los malos humores del organismo. ¡Libre Dios del vino a nuestro gobernador!

*Humores:* Sustancias internas.

*(El* PAJE *vuelve el vino al ánfora).*

SANCHO: ¿Esto más?

DOCTOR: Así lo dijo Hipócrates. Un sabio, señor.

SANCHO: ¿Y era tonto el que dijo que «ajo crudo y vino puro pasan el puerto seguro»? ¿Que «el pan, el vino y la carne hacen buena sangre»? ¿Que «al buen comer, tres veces beber»? ¿Y que «al catarro, dale un buen jarro»?[14] ¡Estos, estos son los sabios que yo quiero y no los doctores como vos que, de tanto cuidarme, me acabarán la vida! *(Una fila de reposteros, marmitones y pinches, con pasos concordados de bailete, va desfilando con platos y fuentes incitantes. El* DOCTOR *husmea y los va rechazando con un golpe de varilla. La fila da vuelta a la mesa, ante las narices de*

*Reposteros:* Pasteleros.

*Marmitones:* Ayudantes de cocina.

*Bailete:* Danza sencilla.

[14] El uso de la anáfora aquí es otro ejemplo de esas repeticiones tan características de la literatura popular.

*SANCHO, y regresa virgen a la cocina)* ¿Qué plato es ese, galopín?

GALOPÍN: Salpicón de vaca con nabos y cebollas.

SANCHO: ¿Cebollas has dicho? ¡Santa palabra querida!

DOCTOR: ¡Fuera de aquí tal villanía! ¿Y ese otro?

MARMITÓN: Ternera en adobo.

DOCTOR: ¿Caliente y con especias? Funesto enemigo del «húmedo radical»[15] en que consiste la vida. ¡*Vade retro* ese adobo! ¡Y ese plato también! ¡Y el siguiente con él! ¿Postre *habemus?*

MARMITÓN: Menestra de cabra.

DOCTOR: *¡Absit!* Vuelva esa cabra al monte sin mancillar nuestros manteles. ¿Queda algo más?

PAJE PRIMERO: Olla podrida[16], señor.

SANCHO: ¡Loado sea Dios! Ahora nadie podrá decir que no; que por la diversidad de cosas que en las tales ollas podridas hay, no dejaré de topar con alguna que me sea de gusto y de provecho.

DOCTOR: Vaya lejos de nosotros tan mal pensamiento. Allá las ollas podridas para los canónigos, para los rectores de colegios y las bodas de labradores; y déjennos libres las mesas de los palacios donde ha de asistir todo primor y todo atildamiento. ¡Retírese esa olla en seguida!

SANCHO: *(Dominándose aún)* Entonces, ¿queréis decirme, ilustrísimo señor doctor, qué es lo que yo puedo comer?

DOCTOR: Ahora, después de esa fruta y esos vahos de perdiz que habéis tomado, bien será que terminéis con un gran vaso de agua y una tajadica sutil de carne de membrillo, que os ayude a una buena digestión.

SANCHO: *(Se respalda y lo mira de hito en hito, conteniendo su enojo)* Prudentísimo consejo. ¿Cómo os llamáis vos?

*Galopín:* Chico joven, chaval.

*¡Vade retro!:* Expresión latina equivalente a «¡para atrás!», «retrocede».

*Habemus:* Forma verbal latina, equivale a «tenemos».

*Absit:* Forma verbal latina equivalente a «retírese», «¡lejos de ti!».

*Atildamiento:* Adorno.

---

[15] En tiempos de Cervantes (siglos XVI-XVII) llamaban «húmedo radical» a un tipo de humor balsámico que proporcionaba, según creían, vigor y elasticidad al cuerpo.

[16] Plato compuesto de carnes diversas (carnero, vaca, gallinas, longaniza, pies de cerdo), ajo y cebolla, todo cocido muy despacio para que llegue casi a deshacerse.

DOCTOR: Yo, señor gobernador, me llamo el doctor don Pedro Recio de Agüero, y soy natural de un lugar llamado Tirteafuera, que está entre Caracuel y Almodóvar del Campo, a la mano derecha, y tengo el grado de doctor por la Universidad de Osuna[17].

SANCHO: *(Arrastrando cada frase entre los dientes)* Pues, señor don Pedro Recio de mal agüero..., natural de Tirteafuera..., graduado en Osuna..., ¡quíteseme ahora mismo de delante, o si no, voto al sol que tome un garrote y a garrotazos, empezando por vos, no deje médico sano en toda esta ínsula! *(Se levanta rojo de cólera empuñando la vara judicial)* ¡Fuera de aquí, enemigo de la salud, verdugo de la República! ¡Fuera!

MAYORDOMO Y CRONISTA: ¡Téngase, señor..., téngase!

*(El DOCTOR huye, perdida su solemnidad ante la vara. El MAYORDOMO y el CRONISTA calman y detienen a SANCHO).*

*A modo:* A gusto, despacio.

SANCHO: Y ahora, señor mayordomo, vea si hay manera de que yo coma algo a modo. Y si no, tómense su Gobierno; que oficio que no da de comer, cargue el diablo con él.

MAYORDOMO: No desespere su señoría. Yo daré órdenes terminantes para que mañana no vuelva a ocurrir esto.

SANCHO: Para hoy las necesitaba yo; que el hoy ya está aquí, y el mañana aún no lo vi. ¿No podría ser que volvieran a traerme de aquellas perdices?

MAYORDOMO: Imposible sin licencia del médico. Y menos de esos manjares, que bien pudiera ser que por manejos de algún enemigo estuvieran envenenados.

[17] La referencia en el siglo XVII a una serie de universidades menores situadas en ciudades pequeñas, como esta de *Osuna* o la de *Cervera* —en contraposición con el prestigio de las de Salamanca, Alcalá de Henares o Valladolid— servía para ironizar sobre la cultura del universitario licenciado en aquellas. *Tirteafuera* y *Caracuel* son pueblos de Ciudad Real, provincia en donde se sitúa también la villa de *Almodóvar del Campo*.

SANCHO: ¡Hola! ¿Venenicos también? Por Dios que, según se me va trasluciendo, no es tan gustoso oficio este de gobernar como yo imaginaba.

MAYORDOMO: A la noche tomaréis una libra de uvas, que no es manjar de peligro. Y ahora, muchachos, álcense esos manteles; y tomad otra vez la vara, que no han de faltar pleitos en el día.

*Libra:* Medida de peso antigua.

*(Retiran la mesa los PAJES. El CRONISTA, que habrá salido durante la escena anterior, vuelve con un MANCEBO al que dos guardias sujetan por las mangas. SANCHO ocupa, mal resignado, su sillón. Los guardias quedan nuevamente en el umbral).*

*Mancebo:* Muchacho.

CRONISTA: Aquí está el primero.

SANCHO: ¿Qué pleito trae ese mozo?

CRONISTA: Nada sabemos todavía. Según me dicen, se tropezó en esa callejuela con la ronda y, nada más verla, echó a correr como un gamo. Luego si corría de la justicia, señal que debe de ser un delincuente.

*Ronda:* Policías de guardia por la calle.

SANCHO: Suéltenlo y veamos. ¿Qué delito es el tuyo, mancebo?

GRACIOSO: Ninguno, señor.

SANCHO: ¿Por qué corrías entonces de la justicia?

GRACIOSO: Para evitar preguntas, que hacen demasiadas.

SANCHO: ¿Cómo te llamas?

GRACIOSO: Yo no me llamo. Me llaman.

SANCHO: Ah, ¿graciosico me sois? ¡Pues a fe que tengo yo hoy el cuerpo para gracias! Cuidado, mancebo, que a veces el que va por lana...[18], ya me entiendes. Conque más respeto y responde discretamente a lo que te pregunten. ¿Adónde ibas cuando te topó la justicia?

GRACIOSO: A tomar el aire.

SANCHO: Muy bien. ¿Y dónde se toma el aire en esta ínsula?

GRACIOSO: Como en las otras: donde sopla.

---

[18] *El que va por lana... sale trasquilado* o pelado, es decir, quien se mete en complicaciones es fácil que salga malparado.

*Popa:* Parte de atrás de una nave.

SANCHO: ¿Burletas a mí? Pues mira, hijo, hazte cuenta que yo soy el aire, y que te soplo en popa, y que te encamino a la cárcel ahora mismo. ¡Hola, guardias! Llevadle a que duerma esta noche en el calabozo.

GRACIOSO: ¿A mí? Por Dios que así me hará vuestra merced dormir hoy en la cárcel como hacerme emperador de las Indias.

SANCHO: Pues qué, ¿no tengo yo poder para prenderte?

GRACIOSO: Para prenderme, sí. Para hacerme dormir hoy en la cárcel, ni vuestra merced ni veinte gobernadores juntos.

*Grillos:* Especie de cadenas que se colocaban en los pies de los presos.

SANCHO: Pues dime, maldito: ¿tienes algún ángel que te saque y te libre de los grillos que te pienso mandar echar?

GRACIOSO: Vengamos a razones, señor gobernador: por más que me mandéis llevar a la cárcel, y que me metan en un calabozo con grillos y cadenas..., como yo me empeñe en no pegar pestaña, ¿será vuestra merced bastante para hacerme dormir si yo no quiero?

SANCHO: No está mal. Discreto eres, mancebo. Anda con Dios, que no quiero yo quitarte el sueño. Pero para otra vez no te burles con la justicia, no sea que topes con alguna que te dé con la burla en los cascos. Y puesto que tienes ingenio, guárdalo para cuando haga falta y no lo gastes inútilmente. Que a todo hay quien gane... y en todas partes cada semana tiene su martes.

GRACIOSO: Bésoos las manos, señor gobernador.

*(Sale silbando tranquilamente entre los guardias. Óyense fuera gritos y llantos desaforados).*

SANCHO: ¿Qué griterío es este? Mujer ha de ser para tanto ruido[19].

---

[19] Se inicia aquí una serie de comentarios un tanto despectivos con respecto a la mujer, que constituyen una tradición típica del refranero y la literatura popular, frente al homenaje a la dama propio de la poesía culta, ya desde la época medieval del amor cortés, y luego reforzado en el Renacimiento por la influencia del *Cancionero* del poeta italiano Francesco Petrarca.

*(Entra una mujer desmelenada, con aspecto de buscona, y el* GANADERO*).*

*Buscona:* Prostituta.

BUSCONA: ¡Justicia, señor gobernador, justicia! Si no la hallo en la tierra, tendré que pedirla al cielo. ¡Justicia contra este infame!

SANCHO: Justicia habrá para todos mientras yo tenga esta vara. Pero hablad más bajo, que si no, no oigo. ¿Qué pleito es el vuestro?

BUSCONA: ¡Ay, señor gobernador de mi ánima! ¡Ay, desdichada de mí! ¿Cuándo se vio en esta ínsula semejante injuria a una doncella?

SANCHO: Paso a paso, señora, que no es más fuerte la razón porque se diga a gritos. Quedaos a este lado; pasad vos al otro, buen hombre. Ahora habladme por este oído; y no me lloréis más, que en cojera de perro y llanto de mujer nunca hay que creer. ¿Cuál es vuestra queja?

BUSCONA: Mire si es desafuero, señor gobernador. Yo soy una honesta doncella, limpia hasta hoy de moros y cristianos, dura con los galanes como un alcornoque y entera entre ellos como la salamanquesa en el fuego. Este mal hombre topó conmigo a solas en mitad de ese campo, y abusando de mi soledad y desamparo, se aprovechó de mi cuerpo como de trapo tendido, arrebatándome por la fuerza lo que desde hace veintitrés años tenía tan guardado. ¡Vea vuestra merced si tengo razón para clamar al cielo y pedir justicia a gritos! *(Llora desesperadamente).*

*Desafuero:* Injusticia.

*Salamanquesa:* Salamandra.

SANCHO: ¿Habéis terminado? Veamos ahora. *(Cambia de oído).* ¿Qué respondéis vos a la querella de esta mujer?

GANADERO: Digo, señor, que una parte es verdad y otra mentira, y que no tiene razón contra mí. Yo soy un pobre tratante de ganado de cerda. Esta mañana llegué al lugar a vender —con perdón sea dicho— cuatro cochinos, que por cierto me llevaron de im-

*Tratante:* Que compra y vende.

*Alcabalas:* Tributos.

puestos y alcabalas casi lo que valían. Volvíame a mi aldea, topé de paso a esta mujer. Y yo mozo..., ella bien parecida..., el camino sin gente... En fin, señor gobernador...

SANCHO: Entendido; que el hombre es fuego y la mujer estopa, y luego viene el diablo y sopla. Adelante.

*Estopa:* Parte gruesa de la planta del lino que arde con facilidad.

GANADERO: Pues, en efecto: que yo la miré..., que ella que miró..., y vino el diablo y... *(Sopla fuerte y largo)* Pero juro por mi alma, señor gobernador, que yo no le hice fuerza ninguna; que todo fue de buena voluntad y con su pago, y que hasta me aceptó como regalo unos zarcillos de plata. De modo que esta es la única verdad, y todo lo demás superchería.

*Zarcillos:* Pendientes.

*Superchería:* Falsedad.

BUSCONA: ¡Habráse visto desvergüenza! ¡Injuria sobre injuria! Pobres doncellas desvalidas, ¿qué será de nosotras si la vara de la justicia no nos socorre? *(Llora a gritos y manantiales)*.

SANCHO: ¡Silencio ya! Basta de palabras y de gemidicos.

*(Queda meditando. Pausa)*.

CRONISTA: ¿Cuál es vuestra sentencia?

SANCHO: Difícil negocio es este. Veamos, buen hombre, ¿lleváis algún dinero encima?

GANADERO: Veinte ducados de plata en esta bolsa. Son toda mi fortuna.

SANCHO: Traed acá. Y vos, buena mujer, ¿os conformaríais con estos veinte ducados como pago por el mal que este hombre os ha hecho?

BUSCONA: *(Radiante)* ¡Veinte ducados de plata! ¡Oh, gracias, señor gobernador! Dios os premie por la justicia que me hacéis. Dios aumente esa vida que así defiende a los menesterosos y guarda la virtud de las doncellas. ¡Gracias mil veces, señor gobernador! *(Sale con grandes reverencias)*.

*Menesterosos:* Necesitados.

MAYORDOMO: Paréceme, señor, que esta vez no os han guiado el pulso y el ingenio que en los otros juicios pusisteis. Pronto os ablandaron las lágrimas de mujer.

SANCHO: Callad y no juzguéis nunca hasta el fin, que este pleito no ha hecho más que empezar. Ahora sabremos la verdad. Buen hombre, ¿habéis oído la sentencia?
GANADERO: Por mi mal la oí, que aquella bolsa era toda mi riqueza y el pan de mi casa.
SANCHO: Pues bien, corred detrás de esa mujer, quitadle la bolsa y volved acá con ella.
GANADERO: ¿Quitarle la bolsa?
SANCHO: Y ahora mismo. ¿O necesitáis que os lo diga otra vez?
GANADERO: Pierda cuidado, que ni a tonto ni a sordo se lo ha dicho. *(Corre tras ella)* ¡Eh, buena mujer! ¡Alto en nombre de la ley! ¡Alto!
MAYORDOMO: Cómo, señor, ¿ahora os volvéis atrás?
SANCHO: Silencio, que yo me entiendo, y a perro viejo no hay tus-tus. Lo que sea no ha de tardar en sonar.

*Tus-tus:* Voz para llamar a los perros.

*(Óyese fuera la voz de la mujer, clamando).*

MUJER: ¡Justicia de Dios y del mundo! ¡Al ladrón, al ladrón! *(Entra con el GANADERO, ambos aferrados a la bolsa que disputan hasta que vence la mujer, cayendo el GANADERO medio derribado)* ¡Mire la poca vergüenza y el poco temor de este desalmado, que en vuestro palacio mismo me ha querido quitar la bolsa que vuestra justicia mandó darme!
SANCHO: Pero ¿os la ha quitado?
MUJER: ¿Quitar? Primero me dejaría yo arrancar la vida. ¡Pues bonita es la niña! Tenazas y martillos, mazos y escoplos no serían bastante a sacármela de entre las uñas. ¡Antes me sacarían el alma de en mitad de las carnes!

*Escoplo:* Herramienta de carpintero con mango de madera y hoja de hierro.

SANCHO: Así se hace, valiente mujer. Venga acá esa bolsa.
MUJER: Pero, señor gobernador...
SANCHO: ¡Venga he dicho! *(La toma)* ¿De dónde habéis sacado tantas fuerzas, hermana? Yo os juro que si el mismo aliento y valor que habéis mostrado ahora

para defender la bolsa lo hubierais mostrado antes para defender vuestra honra[20], no habría fuerza en la tierra que pudiera contra vos. *(Levantándose y alzando la vara, amenazador)* Andad enhoramala, embustera, y no me paréis en toda esta ínsula, so pena de doscientos azotes. ¡Largo! *(Sale la mujer sollozando protestas)* Y vos, buen hombre, tomad vuestros ducados y volveos a casa sin parar con nadie en el camino. Y llevad entendido que una buena mujer no se paga con todo el oro del mundo, pero de las otras líbrenos Dios. Que bien dice el refrán: que una buena cabra, una buena mula y una mala mujer son tres malas bestias. Conque mucho ojo, y que no os vuelva a soplar el diablo.

*So:* Bajo.

GANADERO: Dios os lo premie, señor gobernador. *(Sale. Se oye fuera un redoble y un toque de clarín).*

SANCHO: ¿Trompeticas ahora? ¿Qué quiere decir esa señal?

CRONISTA: Una de dos: o son noticias importantes o los centinelas han avistado los bajeles moriscos y es un alerta de guerra[21].

*Bajeles moriscos:* Barcos moros.

SANCHO: *(Deja la vara y baja del estrado)* ¿Guerra y bajeles moriscos?

MAYORDOMO: Son nuestros enemigos jurados, y siempre hemos de vivir con este sobresalto, bajo amenaza de invasión.

SANCHO: Linda noticia para terminar la digestión. Y dígame, hermano: cuando los enemigos entran en una ínsula, ¿qué hacen los gobernadores?

MAYORDOMO: Salir al frente de las tropas. Que es privilegio de su cargo toda la gloria del triunfo o el ho-

[20] La honra en la mujer representó un motivo literario de primer orden en las letras españolas del Siglo de Oro, en especial en el teatro. Se identifica con la fidelidad en la mujer casada y con la castidad en la mujer soltera, de manera que aquella que se entregaba a un hombre sin estar casada, o estándolo aceptaba el amor de quien no fuera su esposo, se consideraba que había manchado su honor, quedando por lo tanto deshonrada.

[21] A lo largo del siglo XVII fueron bastante habituales los saqueos de las costas levantinas y andaluzas del Mediterráneo por parte de piratas de origen norteafricano con base generalmente en el actual territorio de Argelia.

nor de morir los primeros en la batalla. *(Volviéndose al* PAJE *que aparece con un pliego)* ¿Son enemigos o noticias?

*Pliego:* Pieza de papel cuadrangular doblado por el medio.

PAJE: Un correo urgente del señor duque.

SANCHO: Menos mal. Vea vuestra merced de qué se trata.

MAYORDOMO: *(Leyendo el sobrescrito)* «A don Sancho Panza, gobernador de la ínsula Barataria, en su propia mano o en las de su secretario».

SANCHO: ¿Y quién es mi secretario?

CRONISTA: Yo, señor, porque sé leer y escribir y además soy vizcaíno[22].

SANCHO: Con esa añadidura bien podríais ser secretario del mismo emperador. Abrid luego ese pliego y sepamos qué dice.

*Luego:* Inmediatamente.

CRONISTA: «A mi noticia ha llegado, señor don Sancho Panza, que los eternos enemigos de esa ínsula piensan darle un asalto furioso no sé qué noche de estas. Estad alerta y no descanséis, no sea que os sorprendan a oscuras y acostado. Sé también por espías verdaderos que han entrado en ese lugar cuatro personas disfrazadas para quitaros la vida. Ojo avizor; no os fiéis de nadie que se os acerque y no comáis ningún manjar de cocina, sospechosos todos de veneno. En vuestro valor y en vuestra discreción confío para la salvación de la ínsula. De este lugar, a veintiséis de julio. Vuestro amigo: el Duque».

MAYORDOMO: Graves son las noticias. ¿Qué dice su señoría?

SANCHO: *(Después de una pausa, con una tranquila tristeza)* Digo, señores, que si así es el oficio de gobernar, no es el hijo de mi madre el que nació para esto. *(Comienza a despojarse de sus insignias)* Si he de mandar ejércitos y velar sobre las armas, y sentenciar pleitos a todas horas para que la una parte se

[22] La ironía con respecto a los vizcaínos —tanto por su manera de hablar como por sus alardes de hidalguía— es algo habitual en la literatura de la época. Recuérdese la aventura del vizcaíno en la primera parte del *Quijote* o los comentarios en torno al idioma vascongado en *La Gran sultana,* una de las comedias de Cervantes.

vaya contenta y la otra me saque el pellejo, y vivir con el temor de que me maten enemigos a los que nunca ofendí, y no comer ni beber vino como manda ese médico verdugo..., si todo eso es gobernar, quédense aquí mis llaves y mis galas, y tómelas el que quiera. A mi trabajo y a mi tierra me vuelvo; que más quiero vivir entre mantas que no morir entre holandas. Devuélvame mi pollino, mi único amigo fiel, del que no pienso volver a separarme más. Y si algo merezco por lo que hice, solo pido a vuestras mercedes que me den medio pan y medio queso, que yo comeré de camino a la sombra de una encina mejor que comí en palacio entre manteles brocados. *(Al público)* Y a vosotros, ciudadanos de esta ínsula Barataria, adiós[23]. Si no os hice mucho bien, tampoco quise haceros mal. Nadie murmure de mí, que fui gobernador y salgo con las manos limpias. Desnudo nací, desnudo me hallo: ni pierdo ni gano[24]. Adiós, señores.

*Holandas:* Lienzos muy finos.

*Brocados:* Telas de seda entretejida con oro o plata.

TELÓN

[23] El cierre de la obra con la despedida al público resulta característico del teatro menor del Siglo de Oro y una forma de acercar la representación al pueblo; no olvidemos que Casona compuso esta obra para el teatro ambulante de las Misiones Pedagógicas, que escenificaba sus piezas por los pueblos de Castilla.

[24] En estas palabras de Sancho —desnudez equivalente a pobreza—, presentes también en el *Quijote,* resuena además el eco de los celebres versos con los que Antonio Machado cerraba su *Retrato* y que sin duda Casona conocería muy bien: «Y cuando llegue el día del último viaje, / y esté al partir la nave que nunca ha de tornar, / me encontraréis a bordo, ligero de equipaje, / casi desnudo, como los hijos de la mar».

# ENTREMÉS DEL MANCEBO QUE CASÓ CON MUJER BRAVA

Según el «Ejemplo» XXXV de *El conde Lucanor*[1]

PERSONAJES

PATRONIO
EL MANCEBO
EL PADRE DEL MANCEBO
LA MOZA
EL PADRE DE LA MOZA
LA MADRE DE LA MOZA

Músicos y danzantes.

---

[1] *Mancebo* equivale a muchacho. El infante don Juan Manuel cuenta aquí la historia de un chico pobre que para mejorar de vida no duda en casarse con una joven de insoportable carácter. A base de mostrarse él desde el principio extremadamente violento consigue domesticarla, cosa que no logrará el suegro con su mujer cuando trata de aplicar el mismo método.

## PRÓLOGO

*Sale* PATRONIO *ante la cortina y habla al pueblo.*

PATRONIO: Ahora escuchad, señores, si os queréis divertir con un antiguo cuento. Y sabed que yo soy Patronio, criado y consejero del muy ilustre conde Lucanor, el cual ha por costumbre consultarme en cuantas dudas le acaecen. Y es la duda esta vez que a un su criado le tratan casamiento con una moza muy más rica que él y de más alto linaje; y siendo así que el casamiento es bueno, no se atreve a llevarlo adelante por un recelo que tiene. Y es el recelo que la tal moza es la más fuerte y la más brava cosa que hay en el mundo, y tan áspera de genio que, a buen seguro, no habrá marido que con ella pueda. Por eso yo, Patronio, consejero fiel, quiero sacar hoy al teatro este cuento que viene aquí como de molde, para que a vos y a mi amo sirva de ejemplo. Y es *La historia del mancebo que casó con mujer brava*, y del arte que se dio para dominarla desde el punto y hora en que se casaron. Escuchad la historia, que escrita está en un famoso libro, primero de los libros de cuentos que por estas tierras de España se escribieron. Y vaya el gozo y la reflexión que os cause a la mayor gloria de su autor, el infante don Juan Manuel, que hace seiscientos años fue en Castilla cortesano discreto, poeta de cantares y autor de libros de caza y de sabiduría.

*Ha:* Tiene.

*Acaecer:* Ocurrir.

*Como de molde:* Ajustado, apropiado.

*Mancebo:* Muchacho.

*Cortesano:* Noble que frecuenta la corte.

(*Retírase el Prólogo y suben al tablado el* MANCEBO *y el* PADRE DEL MANCEBO).

## ESCENA I

PADRE: Dígote, hijo mío, que lo pienses mejor antes que a esa puerta llame. Que la tal moza es muy más rica que nosotros y de más alto linaje; y malo es que la mujer aventaje en prendas y fortuna a su marido.

*Prendas:* Cualidades.

MANCEBO: Cierto es. Pero pensad también, padre, que siendo vos pobre, nada tenéis que me dar para vivir a mi honra. Y siendo eso así, si no me concertáis el casamiento que os pido, forzado me veré a hacer vida menguada o a irme de estas tierras en busca de mejor ventura.

*Menguada:* Precaria.

PADRE: Mucho me maravilla tu intento y osadía. Tanto más cuanto que en todo sois diferentes. Tú eres pobre y ella es rica. Más tierras tiene de las que tú podrías andar a caballo en todo un día, aun yendo al trote.

MANCEBO: No reparéis en eso; que si ella tiene fortuna, yo se la aumentaré con mi esfuerzo. Y si sus tierras son tantas que no se pueden andar en todo un día, aun yendo al trote, ¡yo se las andaré al galope!

PADRE: Más hay: y es que cuanto tú tienes de buenas maneras, otro tanto las tiene esa moza de malas y enrevesadas.

MANCEBO: A eso os respondo, padre, que no hay mula falsa donde hay buen jinete, y que yo sabré tenerle fuerte la rienda desde el principio.

PADRE: Mira, mancebo, que nunca su padre la pudo dominar. Y que tal genio tiene la condenada que no habrá, fuera de ti, hombre en el mundo que quisiere casar con semejante diablo.

MANCEBO: Llamad a esa puerta, padre. La moza es brava, pero brava y todo es de mi gusto. Y si su padre nos la concede, yo sabré cómo se han de pasar las cosas en mi casa desde el primer día. Llamad sin miedo.

PADRE: Puesto que tú lo quieres, sea. No dirás luego que no te advertí con tiempo. Pidamos ahora la moza, y quiera el cielo que no nos la concedan. ¡Ah de la casa!

*(Llama con su cayado y descórrese la cortina mostrando la casa de la* MOZA. *Está solo el* PADRE, *ocupado en seleccionar unas semillas).*

*Cayado:* Bastón de pastor.

## ESCENA II

PADRE RICO: Dichosos los ojos, señor vecino. ¿Qué cosa os trae a mis puertas?

PADRE POBRE: Esto es, señor y amigo, un ruego que vengo a haceros para este hijo mío.

PADRE RICO: Sepa yo qué es ello.

PADRE POBRE: Vos, amigo y señor, tenéis una sola hija...

PADRE RICO: Una sola, cierto; pero así me pesa como si fueran doscientas.

*Antaño:* Hace años.

PADRE POBRE: Y yo solo tengo este hijo. Antaño, cuando los dos éramos pobres, juntamos nuestra amistad. Hoy vengo a rogaros, si así os cumple, que juntemos también nuestros hijos.

PADRE RICO: *(Aparta su quehacer y se levanta pasmado)* ¿Cómo es eso, vecino? ¿De casamiento os atrevéis a venir a hablarme?

PADRE POBRE: Ya le advertí al mancebo de vuestra riqueza y de nuestra humildad. Pero él se empeña...

PADRE RICO: *(Avanza hacia el Mancebo, que retrocede perplejo)* ¿Que este mozo quiere casar con mi hija? ¿No me engañan mis oídos?

MANCEBO: Esa es nuestra súplica. Si lo tenéis a bien.

PADRE RICO: ¡Y cómo si lo tengo a bien! ¡Dios te bendiga, muchacho, y qué peso vienes a quitarme de encima! *(Lo abraza).*

PADRE POBRE: Luego... ¿nos la concedéis?

PADRE RICO: Lograda está la moza, y nunca oí tal, que hombre alguno quisiera casar con ella y sacármela de casa. Pero por Dios que yo sería bien falso amigo si antes no os advirtiera lo que cumple en este trance. Que amigos somos, y vos tenéis muy buen hijo, y sería gran maldad consentir en su desgracia.

Porque habéis de saber que así es de áspera y brava mi hija igual que una tarasca. Y si el mancebo llegara a casar con ella, más le valdría la muerte que la vida.

*Tarasca:* Mujer de mucho carácter.

PADRE POBRE: Tate, tate, señor, no tengáis de eso recelo, que el casamiento es a su sabor. Que el mancebo bien sabe de qué condición es ella, y, con todas sus prendas, la quiere.

*Tate:* Estáte tranquilo (aféresis).

PADRE RICO: Siendo así, no se hable más. Yo te la doy de muy buen grado, hijo mío. ¡Y que el cielo te saque con bien de este negocio! *(Óyese dentro griterío de riña y estrépito de platos que se rompen)* No se espanten: es la moza, que está discutiendo amigablemente con su madre. *(Llama a voces)* ¡Hola, muchacha! ¡Señora! Salid acá, que hay grandes nuevas.

*Nuevas:* Noticias.

*(Salen* MADRE *y* MOZA *muy airadas disputándose un paño, del que tiran ambas).*

MADRE: ¡Suelta digo! ¡Suelta!

MOZA: ¡Con las uñas y a tiras ha de ser, que es mío, mío y mío!

PADRE RICO: Mas ¿qué es esto, señora? ¡Hija indomable! ¿Así os presentáis? ¿No veis que huéspedes tenemos?

MOZA: *(Desabrida, mirándolos de hito en hito)* ¿Y qué huéspedes son estos, ni por qué han de importarnos?

*Desabrida:* Antipática.

PADRE RICO: Este mancebo, hija mía, es tu marido.

MOZA: ¿Mi marido? ¿Esto?... *(Hace él una reverencia y ella ríe)* Gracias por el regalo. ¿No me pudiste encontrar cosa mejor en la feria, padre?

MADRE: Espantárame yo, marido, si algo hicierais con seso. Pues qué, ¿con el más desharrapado de la villa había de estrellarse nuestra hija?

*Desharrapado:* Mal vestido.

PADRE RICO: Callad por una vez, señora, y no repliquéis más. Es mi voluntad y ya está hecho. Mañana será la boda.

MADRE: *(Furiosa)* ¡Vuestra voluntad, vuestra voluntad! ¿Y qué voluntad es la vuestra, bragazas? ¡Ay mi hija, mi pobre hija!...

*Bragazas:* Hombre que se deja dominar por las mujeres.

PADRE RICO: *(Refugiando su confidencia junto al vecino)* También la madre es buena, amigo. ¡Pero a esa ya no hay quien me la saque de casa!

*(Córrese la cortina y vuelve* PATRONIO*).*

## ESCENA III

PATRONIO: Ya veis aquí, señores, cómo principal el cuento. Pronto hemos de ver cómo se adoba y acaba. Fuerte es la moza; y bien tajado el mancebo. Lo que sea de su casamiento y fortuna, ahora lo sabréis. Yo voime a retirar, que el cortejo llega, y solo salí para advertiros esta razón: que el casamiento se hizo y ya traen la novia a casa de su marido.

*Adoba:* Prepara.

*Tajado:* Diseñado, cortado.

*(Saluda al cortejo de bodas que viene por la plaza, y sale. El cortejo sube al tablado. Vienen dulzainas, tamboriles y panderos. Luego, el* PADRE RICO *y la* MADRE*; detrás, los novios y parejas de mozos y mozas coronados de guirnaldas. Trenzan una danza de cintas y figuras. Cuando el baile termina, entre relinchos y gritos, el* PADRE RICO *toma a la* MOZA *de la mano y la aparta a un rincón).*

*Dulzaina:* Instrumento musical de viento.

*Tamboril:* Tambor que se toca con un solo palillo.

*Pandero:* Instrumento musical popular semejante a la pandereta.

*Guirnalda:* Corona de flores.

PADRE RICO: Casada sois, hija mía; oídme ahora un consejo: obedeced y servid a vuestro marido, que más sosiego hay en obedecer que no en mandar.

MADRE: *(Tomando a la* MOZA *de la mano y llevándola al otro extremo)* Casada sois, hija mía; oídme ahora un consejo: no os dejéis ablandar ni por buenas ni por malas; que al que lame las manos, a ese danle los palos[2].

PADRE RICO: Ea, señores, retírese ya el cortejo y déjese a los novios en su soledad hasta otro día.

*(Hacen la despedida, entre risas y abrazos, y salen todos*

[2] Obsérvese también aquí la presencia de refranes populares en el habla de los personajes.

*cantando. El* M*ANCEBO* *descorre la cortina y entra con la novia en su casa. Está puesta la mesa y sobre ella un candelabro encendido. Al fondo, por una ventana, se ve la cabeza del caballo rumiando en el pesebre. Mientras la* M*OZA* *se quita sus galas y guirnaldas, se oye el canto del cortejo alejándose).*

## ESCENA IV

MANCEBO: Digo, mujer, que no se cumple con nosotros la costumbre de esta tierra, que es la de adobar cena y mesa a los novios sin que nada falte.

MOZA: Pues qué, ¿no veis ahí todo?

MANCEBO: No veo que hayan dispuesto el aguamanos.

MOZA: ¡Aguamanos! ¿Con esa salís, marido? Comed y callad, que bien acostumbrado estaréis, de vuestra casa, a comer sin lavaros.

*Aguamanos:* Recipiente para lavarse las manos.

MANCEBO: No tal, que siempre he sido pobre, pero limpio. ¡Lavarme quiero! *(Espera. Al ver que no le atiende da un puñetazo sobre la mesa alzando la voz)* ¡Lavarme quiero! *(Mira airado alrededor)* ¡Eh, tú, don perro: dame agua a las manos! *(Otra pausa, esperando)* ¡Cómo! ¿No oíste, perro traidor, que me des agua a las manos? ¡Ah!, ¿callas? ¿No obedeces? ¡Pues aguarda y verás! *(Sale furioso entre cortinas y da de cuchilladas al perro, que aúlla espantado).*

MOZA: Pero, ¿qué habéis hecho, marido? ¿Al perro habéis matado? ¡Miren qué empresa de hombre!

MANCEBO: Mandéle traer agua y no me obedeció. *(Limpia su espada en el mantel y vuelve los ojos airado alrededor. Se dirige al gato, que se supone al otro lado)* ¡Eh, tú, don gato: dame agua a las manos!

MOZA: ¿Al gato habláis, marido?

MANCEBO: ¡Cómo, don falso traidor! ¿También tú callas? Pues qué, ¿no viste lo que fue del perro, por no obedecer? Prometo que si poco ni más conmigo porfías, lo mismo te he de hacer a ti que al perro. ¡Dame agua a las manos ahora mismo!

MOZA: Pero, marido, ¿cómo queréis que el gato entienda de aguamanos?

MANCEBO: *(Le impone silencio secamente)* ¿Qué, no te mueves todavía? ¡Ah, gato traidor!... ¡Aguarda, aguarda tú también! *(Sale entre cortinas. Se oyen unos maullidos estridentes y vuelve a entrar con el gato ensartado en la espada. Lo tira contra el suelo).*

MOZA: ¡Ay, mi gato, mi pobre gato querido!... *(Lo levanta por el rabo, comprobando que está muerto. El* MANCEBO *mira en torno cada vez más furioso. Se oye en el patio el relincho del caballo).*

MANCEBO: Y ahora vos, don caballo. ¡Dame agua a las manos!

*Teneos:* Conteneos.

MOZA: ¡Eso no! ¡Teneos, marido, que perros y gatos muchos hay, pero caballos no tenéis otro que ese!

MANCEBO: Y bien, mujer, ¿pensáis que porque no tenga otro caballo se ha de librar de mí si no me atiende? Guárdese de enojarme, o si no, ¡yo juro a Dios que tan mala muerte le he de dar a él como a los otros! *(Mirándola fijamente avanza hasta ella, que retrocede comenzando a espantarse)* Y no habrá cosa viva en la casa a quien no hiciera lo mismo. ¡Eh!, ¿oíste, don caballo? ¡Dame pronto agua a las manos!

MOZA: *(Se santigua)* ¡Ánimas del Purgatorio! ¡Loco está!

MANCEBO: ¿Qué, no te mueves? ¡Pues toma tú también! ¡Toma! *(Le suelta un pistoletazo. El caballo cae redondo).*

MOZA: ¡Dios nos valga, marido! ¡Muerto es el caballo!

MANCEBO: Pues qué, ¿he de mandar yo una cosa y no se me ha de obedecer en mi casa? *(Tira la silla de un puntapié. Vuelve a mirar a todos lados con furia. Fija los ojos en ella y dice reposadamente)* Mujer..., dame agua a las manos.

*Aguamanil:* Recipiente para lavarse las manos.

MOZA: ¿Agua? ¡Ahora mismo! ¿Por qué no me la pedisteis a mí antes, marido? *(Corre y vuelve con aguamanil y toalla)* El agua. Aquí está el agua. Dejad, no os molestéis; yo misma os lavaré.

MANCEBO: Bien está. Dadme ahora la cena.

*Prodigando:* Administrando.

*Gala:* Adorno.

MOZA: Sí, sí, sí..., la cena..., ahora mismo. Lo que mandéis, señor. Aquí está la cena. *(Le sirve, prodigando sonrisas. Queda en pie mientras él cena).*

MANCEBO: ¡Ah!, cómo agradezco al cielo que hicisteis a tiempo lo que os mandé. Que si no, con el enojo que tengo, otro tanto os hubiera hecho a vos como al caballo.

MOZA: ¿Y cómo no os había de obedecer, marido? Bien sé yo que no hay gala que tan bien siente a una mujer como servir y honrar al señor de su casa. Mandadme cuanto queráis, que yo os juro...

MANCEBO: ¡Callad!

MOZA: Sí, sí, sí, perdón.

MANCEBO: Mala está la cena.

MOZA: Sí, sí, sí, mala está.

MANCEBO: Que no vuelva a suceder.

MOZA: No, no, no, no volverá. Yo misma la prepararé mañana.

MANCEBO: Yo voime ahora a la cama.

MOZA: Sí, sí, sí.

MANCEBO: Y cuidad que nadie me turbe ni desasosiegue, que con la saña que tuve esta noche no sé si podré dormir. ¡Esa silla!

MOZA: Sí, sí, sí, la silla... *(Se apresura a levantarla y ponerla en su lugar).*

MANCEBO: ¡Alumbrad!

MOZA: Sí, sí, sí.[3]

MANCEBO: ¡Y silencio!

MOZA: Silencio. *(Le acompaña con el candelabro hasta el umbral, cediendo el paso con una reverencia. Sale el* MANCEBO. *Fuera se oye nuevamente la canción de bodas. La* MOZA *se vuelve aterrada imponiendo silencio en todas direcciones)* ¡Eh, locos!, ¿qué hacéis? ¡Callad, no turbéis a mi marido; si no, todos, todos somos aquí muertos esta noche! *(Va apagándose la música*

[3] Otro ejemplo de reiteraciones —en este caso verbales— que sirven para intensificar la situación de sometimiento de la joven recién casada.

*lejos. Ella impone silencio hacia el público, andando en puntillas, mientras corre la cortina suavemente)* ¡Silencio! ¡Silencio todos, por Dios..., que duerme mi señor!

*(Queda el teatro a oscuras un momento. Canta el gallo del alba y empieza a amanecer).*

## ESCENA V

*Ante la cortina.*

*(Sale sigilosamente el* Padre *de la* Moza *y escucha con la mano en la oreja).*

Padre rico: Nada... Por mi fe que es sospechoso tanto silencio. ¿Qué habrá pasado aquí? *(Llama)* ¡Mi yerno!... ¡Mi yerno!... *(Sale el* Mancebo*)* ¡Eh!, ¿qué tal?

*Tarasca:* Mujer de mucho carácter.

Mancebo: Ya está mansa la tarasca.

Padre rico: Imposible. ¿Mansa mi hija?

Mancebo: Como una cordera.

Padre rico: Maravilla grande es esa. Pues ¿cómo te las pudiste arreglar para conseguir tal milagro?

Mancebo: Tirando fuerte de la rienda desde el principio. Mandele traer agua al perro, y como no lo hizo, matelo a cuchilladas delante de ella. Hice luego lo mismo con el gato. Y después, con el caballo. Así que cuando le mandé traer agua a ella, hízolo volando por miedo a correr la misma suerte. Y yo os juro que, de hoy en adelante, va a ser vuestra hija la mujer más bien mandada del mundo. Y juntos tendremos muy buena vida.

*Rapaz:* Muchacho.

Padre rico: Diablo, diablo, rapaz..., y qué gran idea me estás dando. Si yo pudiera hacer lo mismo con la madre..., ¡que también es buena!

Mancebo: No sé qué os diga, mi suegro, sino que nunca segundas partes fueron buenas. Y que os acordéis de aquellos versos del conde Lucanor:

[4] Los versos de la moraleja son casi idénticos a los del original del infante don Juan Manuel.

«si al principio no muestras bien quién eres,
nunca podrás después cuando quisieres».[4]

Silencio. Ahí viene vuestra mujer.

PADRE RICO: Por tu alma, rapaz, ¡déjame esa espada!

MANCEBO: Tomadla. Y que el cielo os ayude. Adiós, mi suegro.

*(Sale. Descórrese la cortina. El* PADRE *adopta una gallarda actitud apoyado en su espada, y entra la* MADRE*).*

## ESCENA ÚLTIMA

MADRE: ¿Qué hacéis aquí, marido, tan temprano y con una espada desnuda?

PADRE RICO: *(Autoritario)* ¿Y quién sois vos para preguntarme nada, señora?

MADRE: ¡Cómo! ¿Que quién soy yo, decís?

PADRE RICO: Hablad cuando os manden y mucho cuidado con enojarme.

MADRE: ¡Hola, marido!, ¿esas tenemos?

*Canta el gallo en el corral.*

PADRE RICO: Y antes de replicar más palabras, mirad bien lo que voy a hacer. Eh, tú, don gallo, ¡tráeme agua a las manos!

MADRE: Pero, ¿qué hacéis, don Fulano? ¿Al gallo estáis hablando?

PADRE RICO: Silencio, y ojo a lo que va a pasar aquí. ¡Eh, gallo traidor!, ¿no oíste que me des agua a las manos? ¿Qué, no obedecerás por las buenas? ¡Pues aguarda, aguarda!... *(Sale furioso al corral, donde se oyen cintarazos y algarabía de gallos y gallinas).*

*Cintarazos:* Azotes con un látigo.
*Algarabía:* Jaleo.

MADRE: Ya... ¡Arroz se nos prepara![5] *(Se remanga los brazos esperando tranquila. Vuelve el PADRE trayendo al gallo por el cuello).*

PADRE RICO: ¿Viste lo que fue de este gallo maldito por no me obedecer?

MADRE: Sí, bien lo entiendo. Pero tarde os acordasteis, marido. Por ahí debierais haber empezado hace

[5] «Arroz se nos prepara»: expresión de carácter popular con el sentido de «me parece que vamos a tener lío».

treinta años, que ahora ya nos conocemos demasiado, y de nada os valdría conmigo aunque mataseis cien caballos. *(Arrebatándole el gallo y golpeándole con él)* ¡Andad adentro, bragazas! ¡Andad, andad!...

*Bragazas:* Hombre que se deja dominar por las mujeres.

TELÓN

# FARSA DEL CORNUDO APALEADO

Según la historia LXXVII del *Decamerón*[1]

PERSONAJES

El Prólogo
Mícer Egano, *rico mercader*
Beatriz, *su esposa*
Anichino, *su intendente*
Brunela, *dueña*[2]
Dos Criados

[1] Casona sigue de cerca este cuento de Boccaccio en el que se narra cómo la protagonista no solo logra ocultar que engaña a su esposo con su mejor criado, sino que mediante su refinado ingenio logra que el marido, tras ser apaleado por el amante, quede convencido de la honradez de los dos enamorados.

[2] *Mícer*: tratamiento en italiano antiguo equivalente a señor; *intendente:* administrador; *dueña:* mujer de cierta edad.

## PRÓLOGO

*Sale entre cortinas el* PRÓLOGO, *criado de* MÍCER BOCCACCIO[3], *luciendo un amplio tabardo pícaro a cuadros multicolores, con heráldica de naipes y juglaría. Saluda a lo cortesano con profunda reverencia.*

*Heráldica:* Escudo de adorno.

*Juglaría:* Arte propio de los juglares o recitadores ambulantes.

*Menestrales:* Artesanos.

*Matronas:* Madres de familia.

*Sesudo:* Sabio, reflexivo.

Nobles mujeres de Florencia; damas altísimas y humildes menestrales; aturdidas doncellas y matronas prudentes; solteras llenas de sueños y casadas ya despiertas: a vosotras y solo a vosotras, que sois la sal de la tierra y el jardín de la vida, ¡salud!

Si algún sesudo varón se ha deslizado al descuido en este ilustre senado, a tiempo está de retirarse, que mi amo y señor, Mícer Boccaccio, solo de las mujeres fía, solo a las mujeres canta y solo a ellas dedica lo que ha escrito y lo que espera escribir mientras le quede vida.

*Embajada:* Mensaje.

Y hecha esta aclaración y este saludo, diré la embajada que mi dueño y señor me ha encomendado.

Recordaréis, dulces amigas mías —son las palabras de mi señor Boccaccio—, recordaréis que hace años, cuando la peste asolaba a nuestra querida Florencia[4], os hice una sagrada promesa. Era el día un martes por la mañana, y era el lugar la iglesia de Santa María la Nueva. Todo a nuestro alrededor era desolación y llan-

[3] Giovanni Boccaccio, escritor italiano (1313-1375) considerado el precursor de la prosa y de la narrativa renacentista, gracias sobre todo al *Decamerón*, colección de cien relatos llenos de ingenio y picardía, en los que se exalta la inteligencia, el individualismo y el goce de la vida, escritos con un estilo cuidado, elegante y preciso.

[4] La peste negra causó estragos en Florencia en 1348; la enfermedad sirve de marco al *Decamerón*, puesto que los diez protagonistas para huir de ella se refugian en una villa campestre; allí durante diez días se dedican a contarse cuentos para olvidar sus temores.

to. En vez de arpas y laúdes, solo se oía el doblar de las campanas y la letanía de las rogativas y procesiones públicas. En vez de galantes carrozas, atestaban nuestras calles interminables filas de angarillas con la sábana de los apestados o el crespón de los muertos. El esposo abandonaba cobardemente a la esposa; los padres huían de sus propios hijos, y los malhechores aprovechaban el sueño de las leyes para sembrar mayor espanto, saqueando las casas indefensas y despojando sacrílegamente a las víctimas.

*Rogativas:* Ceremonias religiosas para pedir algo.

*Angarillas:* Camillas.

*Crespón:* Tela negra usada en señal de luto.

¿Qué podía yo hacer por vosotras en tan funesta ocasión? Solo una cosa: ofreceros la risa y el ingenio para combatir el mal; contaros las más divertidas historias que supiere o inventar las que no supiere, con tal de alejar de vosotras los negros pensamientos.

Tal fue la promesa que os hice aquel terrible martes en Santa María la Nueva, y que vengo cumpliendo sin descanso, hasta tal punto que la historia que os presento esta noche hace el número setenta y siete de las cien que pienso escribir si el aliento me alcanza y vuestra venia no me falta.

*Venia:* Permiso.

Pues bien, amigas mías: ¿podéis creer que tan gentil intento, lejos de valerme plácemes, me ha valido las más acerbas críticas de esos enemigos del género humano que se llaman censores? ¡Y con qué aspavientos de gritos, silbidos y dentelladas! Poco les ha faltado para pregonar mi cabeza como corruptor de costumbres y enemigo de la República.

*Plácemes:* Felicitaciones.

*Acerbas:* Amargas.

*Aspavientos:* Gestos exagerados.

*República:* Estado.

Confieso que todavía no he salido de mi asombro. Creía yo que la envidia es vendaval que solamente sopla contra las cumbres altas, pero al parecer también lo hace contra las más humildes colinas, puesto que ahora se ha desatado contra mi pobre ingenio[5] , lo cual en verdad no sé si lamentar o agradecer, pues siempre he

[5] Ejemplo de alegoría: se prolonga la imagen inicial: «envidia es vendaval [...] cumbres altas [...] humildes colinas», identificadas estas últimas con el «pobre ingenio» de Boccaccio. Obsérvese el lenguaje culto y cuidado que Casona emplea en esta pieza, en evidente contraste con el tono popular que preside las anteriores y posteriores.

oído decir que los escritores sin talento son los únicos que se libran de la crítica. Y ya que por vosotras se me condena, ante vosotras traigo mi defensa, como único tribunal legítimo.

De tres crímenes me acusan esos feroces mastines de la moral pública. Primero: de rebajar mi natural ingenio, desperdiciándolo en historietas galantes al servicio de una cosa tan ínfima y liviana como sois las mujeres. A esto contesto que, si la galantería es un pecado, yo me declaro cien veces pecador. Si amaros sobre todas las cosas es un delito, yo me confieso alegremente el más feliz de los delincuentes. ¿Qué culpa tengo yo si todo en vosotras lo encuentro hermoso? ¿Si hasta vuestros pecados, solo por ser vuestros, no me parecen más que un travieso adorno de vuestras virtudes? Discretos eran los antiguos, y al representar en las Musas[6] toda la belleza y la sabiduría del mundo, a todas nueve dieron forma de mujer. Y a fin de cuentas, si las mujeres son tan faltas de seso y peso como dicen mis censores, déjenme a mí tan deliciosa carga, y allá ellos con todo el peso de los hombres.

*Mastines:* Perros guardianes.

*Ínfima:* Muy pequeña.

*Liviana:* De poco peso, ligera.

Es el segundo crimen —según los dichos censores— que no sienta bien a la dignidad de mis canas entretenerme en bagatelas amorosas, más propias de aturdidos mozalbetes y ociosos libertinos que de hombres sabios y maduros. A esto respondo que para el amor hay edades buenas y menos buenas, pero ninguna mala. Básteles el ejemplo de ilustres varones que honraron nuestra ciudad, como Guido Cavalcanti y el divino Dante Alighieri[7], los cuales vivieron vida más

*Bagatela:* Cosa sin importancia.

[6] Las nueve diosas menores que según la tradición grecolatina presidían las ciencias y las artes, especialmente el teatro y la poesía.

[7] *Guido Cavalcanti* (1250-1300) fue el poeta italiano más importante anterior a *Dante,* amigo y admirador suyo, que le dedicó la *Vida nueva. Dante Alighieri* (1265-1321) es el máximo representante de la poesía italiana y una de las cumbres de la literatura universal. Además de los poemas amorosos de la *Vida nueva*, escribió la *Divina Comedia,* impresionante poema que resume toda la mentalidad religiosa medieval a través del recorrido alegórico que el poeta lleva a cabo por el Infierno y el Purgatorio, para acabar en el Paraíso, donde es guiado por su amada Beatriz hasta la presencia de Dios.

larga que la mía sin avergonzarse de emplearla entera en esta gaya ciencia[8] del amor. En cuanto a la muchedumbre de mis años, quizá sea su única generosidad la de añadirme algunos, que en esto no son tacaños. Pero no se dejen engañar por el color de mis cabellos, porque acaso yo sea como el puerro, que por blanca que tenga la cabeza siempre conserva verde la cola[9]. Piensen que es torpeza insigne juzgar por la cabeza lo que se escribe con el corazón. Y en cuanto a este, lo único que siento es tener uno solo, que si cien tuviera cien os ofrecería, dulces señoras mías.

*Puerro:* Hortaliza alargada.

Acúsanme finalmente de libertades de lenguaje, reprochándome el servir demasiado crudo lo que otros suelen servir bien adobado; de mostrar al desnudo las costumbres de mi tiempo en vez de cubrirlas con un piadoso velo, y de obedecer a ciegas las leyes de la Naturaleza en lugar de adoptar los disfraces de la buena educación. Manía es esta de hipócritas timoratos, que tienen más miedo a las palabras que a las cosas. Ninguna palabra es mala por sí misma, y más a menudo está la malicia en los oídos del que escucha que en los labios del que cuenta.[10]

*Adobado:* Preparado.

*Timoratos:* Miedosos, tímidos.

Respecto a las costumbres, yo no las inventé; no hago más que reflejarlas como un espejo fiel. Si ellas son licenciosas, ocúpense mis censores de reformarlas en lugar de tirar piedras al espejo.[11]

*Licenciosas:* Inmorales.

---

[8] Gaya ciencia: con este nombre se conoce una corriente poética culta que se desarrolló en la corte castellana del siglo XV y se preocupó especialmente por el «arte de trovar» o arte de la poesía.

[9] El desenfado erótico presente en numerosos relatos del *Decamerón* —maridos engañados, mujeres nada tímidas, frailes y monjas no muy castos, doncellas decididas a buscar el placer— se evidencia en el pícaro doble sentido perceptible en esta frase.

[10] Idea de hondo calado, pues defiende la necesidad de separar el lenguaje de las cosas que designa, de modo que la maldad no está en la palabra sino en todo caso en la realidad nombrada; por ello la libertad de expresión se basa en el hecho de que nadie hace daño solo con la palabra, sino con el acto consecuente a ella. Se plantean también las diversas interpretaciones que pueden derivarse del mismo contenido verbal.

[11] Hay aquí una defensa del realismo, recuérdese la definición que, en el siglo XIX, el gran narrador realista francés Stendhal hizo de la novela: un espejo paseado a lo largo del camino.

Y en cuanto a la supremacía de la Naturaleza o de la educación, nada pienso contestar por mi cuenta. Me bastará recordar una vieja historia florentina titulada *Las ocas del hermano Filipo.* Y esta, señoras mías, os la doy de barato, sin ponerla a la cuenta de las cien prometidas. Dice así el cuento:

«Érase en otro tiempo, en nuestra buena Florencia, un ciudadano llamado Filipo Balducci, el cual se quedó viudo al nacer su único hijo. Desengañado de eso que llaman "vanidades del mundo", resolvió retirarse a una cueva en el monte Asinaio y educar allí a su hijo, lejos de todo apetito carnal, criándolo en una santa ignorancia de la tierra como camino más corto para alcanzar el cielo. Creció, pues, el joven Filipo en la oscuridad de su caverna, sin conocer placer ni tentación y, por supuesto, sin haber visto jamás una mujer ni haber oído siquiera esa palabra.

Cuando el inocente salvaje cumplió dieciocho años, quiso el buen padre probar los frutos de tan bizarra educación y trájolo consigo a Florencia a pedir limosna para su ermita. Miraba pasmado el mozo la belleza del mundo que se le presentaba por primera vez, y todas sus preguntas dormidas se despertaban de pronto:

*Bizarra:* Brillante.

—¿Qué fiera es aquella tan gallarda, padre?

—Es un caballo, hijo mío.

—¿Qué es aquel camino que se arrastra, padre?

—Es un río, hijo mío.

—¿Y aquello que relumbra, padre?

—Un palacio, hijo mío.

Llegaban así a las puertas de la ciudad, cuando vieron un tropel de hermosas mujeres que venían de una boda cantando y riendo alegremente. No hizo más que verlas el joven Filipo y se quedó pálido de repente.

—¿Qué es eso que se nos viene encima, padre?

—Aparta, hijo: son unos animales peligrosos.

—¿Cómo se llaman esos lindos animales, padre?

—No recuerdo bien; creo que se llaman... ocas. Pero camina y no vuelvas la cabeza, hijo. ¡Mira cómo se encabrita aquel caballo! ¡Mira cómo relumbra aquel palacio!

—¡Al demonio palacios y caballos! ¡Yo quiero una oca, padre! ¡Yo quiero una oca!».

Los que piensen que la educación es más fuerte que la Naturaleza, que le pregunten al hermano Filipo.

Y basta de preámbulos, que ya va siendo demasiado larga la disculpa para una culpa tan corta.

Esta noche voy a presentaros mi último cuento, el cual, para no escandalizar a mis censores con palabras malsonantes, he titulado simplemente *Cornudo, apaleado y contento.*

Si los imprudentes varones que han penetrado en este recinto lo han pensado mejor, aún están a tiempo de retirarse. Mis palabras, repito, van dedicadas solamente a vosotras, benditas mujeres, gloria de Florencia y alegría del mundo. A vosotras, ¡ocas despertadoras de este eterno Filipo que es el corazón del hombre!

*(Retírase el* PRÓLOGO*).*

## ESCENA I

*Cámara en casa de* MÍCER EGANO. *Al fondo, balcón ojival con yedras azules. A un lado, el lecho con baldaquino; al otro, la puerta. Un arcón y mesa volante con tablero de ajedrez. De noche.*

*Ojival:* Se dice del arco rematado en punta, típico del estilo gótico.

*Baldaquino:* Adorno en forma de techo sustentado en cuatro columnas.

BRUNELA, *arrodillada, termina de calzar botas y espuelas a* MÍCER EGANO. BEATRIZ *descuelga capa y espada.*

EGANO: Ciñe fuerte, Brunela. Son catorce leguas y he de galopar todo el camino.

BEATRIZ: ¿Puede saberse, marido, a qué se debe este atropellado viaje?

EGANO: Simples negocios, mujer; ya te dije.

BEATRIZ: ¿Así tan de repente, en plena noche y con tanto misterio?

EGANO: En ciertos negocios, tan importante como la diligencia es el secreto. ¿Por qué preguntas con tanta insistencia?

BEATRIZ: Porque es muy sospechoso todo esto. Esta mañana nada sabías de ese dichoso viaje; por la tarde, aún hablabas de una posible cacería. Y de repente: «¡Botas y espuelas; que ensillen mi mejor caballo; tengo que estar en la Hostería del Gallo al amanecer!» *(Le mira recelosa)* ¿No me ocultas nada, marido?

EGANO: ¿Te he ocultado algo alguna vez?

BEATRIZ: ¿Y por qué no había de ser esta la primera? ¿Quién me asegura que ese negocio tan secreto no tiene los ojos negros?[12] ¿Y que en la Hostería del Gallo no hay tapada alguna gallina?

[12] Ejemplo de personificación: al negocio —algo de carácter inanimado— se le atribuye la cualidad humana de tener ojos negros. Luego se alude a la posibilidad de una relación amorosa con otra mujer.

EGANO: *(La acaricia satisfecho)* ¿Celosa? Gracias, querida; dicen que los celos son prenda de buen amor.

BEATRIZ: En tal caso, mal puedo pensar de ti, que nunca los has sentido.

EGANO: Sería injuriar a la mujer que toda Bolonia pregona como la más virtuosa y fiel de las esposas. Pero ya que has sospechado de mí, voy a satisfacer tu curiosidad.

*(Llaman a la puerta. Voz de* ANICHINO*).*

VOZ: ¡Señor!

EGANO: Adelante.

*Entra* ANICHINO*. Dos criados que le preceden con faroles o candelabros quedan en el umbral.*

ANICHINO: El caballo está ensillado. No tenéis tiempo que perder.

EGANO: Aguarda un momento. *(A* BEATRIZ*)* ¿Te merece fe la palabra de nuestro intendente?

*Intendente:* Administrador.

BEATRIZ: Completa. Nunca he oído una mentira de sus labios.

EGANO: Pues bien, mi fiel Anichino: dile a tu señora cuál es el motivo de este repentino viaje.

ANICHINO: Mícer Egano debe llegar a la Hostería del Gallo antes que se pongan en camino unos mercaderes que duermen allí esta noche, conduciendo una partida de especias y tapices de Oriente. Es importante que mi señor compre esa partida mañana al amanecer.

*Especias:* Condimentos para cocinar, muy codiciados, que se traían de Oriente.

BEATRIZ: ¿No podía hacerlo más reposadamente cuando esos mercaderes lleguen a Bolonia?[13]

ANICHINO: Sería demasiado tarde. Hemos tenido noticias fidedignas de que la flota veneciana que venía

[13] En la ciudad de Bolonia estaba la principal universidad italiana en la Edad Media, de ahí que poco después Anichino se refiera a la ciudad como la «doctísima Bolonia».

con cargamento de Catay[14] ha sido apresada por los turcos. Cuando esto se sepa en el mercado, el valor de esas especias subirá como la espuma, y mi señor puede vender por la noche en veinte mil escudos lo que haya comprado en diez mil por la mañana.

BEATRIZ: Entonces, ¿es lo que se llama un robo?

ANICHINO: Es lo que se llama negocio. Y bien mirado, hasta un acto de patriotismo, ya que será la ocasión de demostrar una vez más que la espiritual y doctísima Bolonia no tiene nada que envidiar a la mercantil y serenísima Venecia.

EGANO: ¡Bravo, Anichino! Eres tan prodigiosamente inteligente que siempre dices lo que yo estoy pensando.

ANICHINO: Gracias, señor. Abajo espero; será un honor para mí tener el estribo, como criado, al hombre al que debo cuanto soy. *(Saluda respetuosamente a BEATRIZ y sale).*

*Estribo:* Pieza para que el jinete apoye el pie.

EGANO: ¿Estás ya satisfecha?

BEATRIZ: Mi curiosidad sí, pero no mi gusto. Si te parece que la soledad es bastante compañía...

EGANO: ¿Qué quieres decir?

BEATRIZ: No sé... ¡Son tan tibios estos primeros días de primavera! ¡Huele tan hondo el aire al rozar las yedras azules del balcón!

EGANO: Déjate de niñerías. Diez mil ducados bien valen una noche.

BEATRIZ: Tal vez. Las esposas y los maridos no solemos tener la misma idea del valor de una noche. *(Le tiende la capa)* Feliz viaje, querido.

EGANO: Adiós, Beatriz. Y no tengas miedo en mi ausencia; Anichino velará por ti y por mi casa como si fuera yo mismo. Vamos, muchachos.

BRUNELA: Que san Cristobalón, patrón de caminantes, le acompañe. *(Sale EGANO seguido por los criados.*

[14] Durante la Edad Media la poderosa y floreciente *flota* mercante de Venecia importaba de Oriente especias, esenciales para la alimentación, siendo a menudo acosada por piratas turcos y norteafricanos. *Catay* era el nombre que en el occidente medieval se daba a la China a partir de los viajes del explorador Marco Polo.

*BEATRIZ se despereza discretamente y aligera sus ropas)* ¿Vais a acostaros ya? ¿Queréis que os caliente las sábanas con un brasero?

*Brasero:* Recipiente de metal para poner fuego y calentar la casa.

BEATRIZ: ¿Para qué? Hace una noche deliciosa.

BRUNELA: No importa; una cama sin marido es siempre una cama fría.

BEATRIZ: Muy segura lo dices.

BRUNELA: Soy tres veces viuda.

BEATRIZ: No es el frío lo que puede desvelarme. El miedo, sí.

BRUNELA: Cerraré el balcón. Mi madre decía que los enamorados y el miedo siempre entran por los balcones.

BEATRIZ: ¿Era miedosa tu madre?

BRUNELA: Tenía experiencia. *(Cierra)* ¿Os ayudo a desnudaros?

BEATRIZ: Todavía es temprano. *(Brunela bosteza)* ¿Tanto sueño tienes?

BRUNELA: No sé lo que me pasa esta noche; un sopor, como en invierno cuando se bebe el vino caliente.

BEATRIZ: Ojalá pudiera yo decir lo mismo. Pero siento que no voy a poder dormir; desde que me casé es la primera noche que me encuentro sola.

*Edificante:* Que enseña cosas buenas.

BRUNELA: ¿Queréis algún libro edificante para divertir los pensamientos? Tengo en mi cuarto una vida de santa María Magdalena.[15]

BEATRIZ: Historias de santos, no; suelen traer muy malos ejemplos. Mejor irá con mi ánimo un poco de música: *(Toma el laúd. Canta una melodía lánguida. ANICHINO, desde la puerta, escucha el final)* ¡Oh!, ¿estabais escuchando?

ANICHINO: Hasta donde es posible escuchar cuando se os mira.

BEATRIZ: Gracias. ¿Es todo lo que teníais que decirme?

[15] Mujer de vida licenciosa que tras conocer a Jesús cambió radicalmente hasta alcanzar la santidad; María Magdalena fue venerada desde entonces como ejemplo de conversión religiosa.

ANICHINO: Mi señor ha partido y la servidumbre se ha retirado a descansar. ¿Tenéis alguna orden para mí?
BEATRIZ: Nada. ¿Habéis cerrado bien todas las puertas?
ANICHINO: Con doble llave. Si algo os da miedo durante la noche, llamadme sin reparo, que yo no dormiré velando vuestro sueño.
BEATRIZ: Siempre gentil.
ANICHINO: Soy vuestro criado.
BEATRIZ: Ya no; más que como intendente os precio como amigo y consejero. Si algo queréis hacer por mí amigablemente, acompañadme al ajedrez. El tablero está esperando.[16]

*Preciar:* Apreciar.

ANICHINO: No podíais ofrecerme nada más de mi gusto.
BEATRIZ: Pero ha de ser con una condición: que me tratéis como a un rival digno de vos.
ANICHINO: No comprendo.
BEATRIZ: ¿Creéis que no lo he notado? Cuando jugáis con un caballero, no perdéis nunca; cuando jugáis conmigo, siempre me dejáis ganar. Y no quisiera tener por gentileza lo que se ha de conquistar en buena ley.
ANICHINO: Acepto el desafío. ¿En guardia?
BEATRIZ: En guardia. *(Mueven)* Vuestro peón de dama es la primera víctima.

*Peón:* Una de las piezas del juego de mesa llamado ajedrez.

ANICHINO: No podía morir de mejor muerte.
BEATRIZ: *(Viendo que la mira fijamente y suspira)* Pero ¿adónde miráis, Anichino? ¿Acaso está en mis ojos el tablero?
ANICHINO: Perdón. *(Mueve).*
BEATRIZ: Si no ponéis más atención, no os auguro nada bueno. Nuevo peón perdido.
BRUNELA: *(Bosteza)* ¿Tiene muchos peones ese juego?
BEATRIZ: Para tu sueño, demasiados. Puedes retirarte, Brunela.

---

[16] El ambiente de refinamiento burgués presente en casi todos los cuentos de Boccaccio se traduce aquí en esta escena de la dama y el caballero que se disponen a jugar al ajedrez algo impensable en las otras cuatro farsas del *Retablo*, de carácter mucho más popular.

BRUNELA: Gracias, señora. Buenas noches, señor intendente. *(Sale pesadamente y cierra la puerta).*

*Caballo:* Pieza del ajedrez.

BEATRIZ: Vuestro caballo de rey está en peligro.

ANICHINO: Retrocedo.

*Las blancas:* En el ajedrez se enfrentan piezas blancas contra negras.

BEATRIZ: Pero ¿dónde estáis esta noche? Las blancas son las mías.

ANICHINO: Entonces no hay salvación. *(La mira y suspira nuevamente).*

BEATRIZ: ¿Otro suspiro? ¿Tanto os duele perder un caballo?

ANICHINO: Penas más hondas son las que me tienen sin sosiego. Pienso en un pobre amigo mío que esta misma noche y a esta misma hora, ante una mesa como esta, se está jugando su corazón y su vida.

*Acertijo:* Adivinanza.

BEATRIZ: Extraña relación. ¿Es un acertijo?

ANICHINO: Es una historia de amor.

BEATRIZ: Magnífico; me encantan las historias. ¿Queréis contármela?

ANICHINO: Es una historia triste.

BEATRIZ: Mejor; me encantan las historias tristes; sobre todo si terminan bien.

ANICHINO: Esta no ha terminado todavía.

*Jaque:* Ataque directo en el ajedrez a las dos piezas principales del enemigo.

*Dama:* Pieza del ajedrez, también llamada reina.

BEATRIZ: Entonces hay esperanzas. Jaque a la dama, y ya escucho.[17]

ANICHINO: *(Suspira largamente).* La cosa comenzó en Francia hace tres años, junto al fuego de una chimenea. Mi amigo, descendiente de una noble familia florentina, vivía alegremente en París su vida de estudiante, sin sospechar siquiera qué sabor tiene una lágrima de amor. Hasta que una noche, cenando con unos caballeros que volvían de Jerusalén, oyó hablar por primera vez de una prodigiosa desconocida que había de trastornar su vida entera. Jaque al rey.

*Rey:* La principal pieza del ajedrez.

---

[17] Esta interrupción de la acción dramática para contar acontecimientos sucedidos en el pasado recibe el nombre de retrospección; es muy frecuente en el teatro y la novela.

BEATRIZ: *(Aparta el tablero)* ¿Qué importa el rey ahora? Prefiero París y las desconocidas prodigiosas y los caballeros de Jerusalén. Seguid.

ANICHINO: Contaban aquellos peregrinos las maravillas que habían visto en sus largos viajes. Hablaban unos de la rubia Inglaterra, otros de la luminosa España, otros de la alegre Italia. Por fin todos quedaron de acuerdo en una cosa: la mejor tierra del mundo era Italia; lo mejor de Italia era Bolonia; y lo mejor de Bolonia, una mujer de tal belleza y donaire que merecía por sí sola la más larga y penosa de las peregrinaciones.

*Donaire:* Gracia.

BEATRIZ: ¿Tanto?

ANICHINO: Eso afirmaban a una voz los viajeros. Y sus palabras impresionaron de tal modo el corazón de mi amigo que desde aquel momento ya no supo vivir para otra cosa. Despierto, pensaba en ella; dormido, la soñaba. Finalmente, abandonó su casa, tomó un caballo y emprendió el camino de Italia, en busca de la dama de sus sueños. Desde París a Bolonia hay catorce jornadas yendo al trote.

BEATRIZ: Por favor, hacedlas al galope, que ya estoy en ascuas por saber el final.

*En ascuas:* En tensión.

ANICHINO: El final fue que llegó a Bolonia, que la buscó inútilmente días y días, asistiendo a todas las fiestas, visitando todas las iglesias, devorando con los ojos todas las ventanas. Hasta que una tarde la encontró por fin asomada a su balcón de yedras azules.

BEATRIZ: ¡Loado sea el cielo! ¿Y era realmente tan hermosa como su fama?

ANICHINO: Más. Si alguna vez el agua del mar se ha hecho ojos y la lluvia con el sol se ha hecho cabellos, fue el día que nació esa mujer. *(Suspira)* Desdichadamente, estaba casada con un rico mercader.

BEATRIZ: ¡Esos maridos siempre inoportunos!

ANICHINO: No creáis por eso que el ardiente galán renunció a su empresa. Al contrario, cuanto más vigilada la fruta, más fuerte era la tentación. Pero ¿sabría la dama comprender tan loco amor? ¿No le esperaría el desdén y la ingratitud al final de su dura jornada?

BEATRIZ: ¿Cómo pudo abrigar vuestro amigo tan tacaña sospecha? Duden los extranjeros de la generosidad de nuestros hombres, pero una buena boloñesa nunca deja morir de sed a un viajero si el agua está en sus manos.[18]

ANICHINO: Esa era la esperanza de mi amigo. Y comprendiendo que el mejor camino para llegar al corazón de una casada es conquistar primero el corazón de su marido, se despojó de sus ropas de gentilhombre, se disfrazó de lacayo y se ofreció a su servicio como criado.

BEATRIZ: ¿Un gentilhombre limpiando los establos? ¡Hermosa lección de amor!

ANICHINO: Era la única manera de penetrar en la casa y contemplar de cerca, día y noche, a la dama imposible. ¿Qué importaba la humillación de los establos si el premio era su sonrisa? ¿Qué mayor gozo que atalajar su caballo si al tenerle el estribo podía acariciar su chapín y sentir junto al rostro el revuelo de su falda? Tres años la sirvió así, adorándola en silencio y subiendo uno por uno los escalones de la servidumbre, hasta ganar su confianza y ser nombrado su intendente.

*Atalajar*: Preparar y enganchar una caballería para la marcha.

*Chapín*: Calzado.

BEATRIZ: ¿Intendente habéis dicho? ¿Y un esposo mercader?... ¿Y un balcón de yedra azules? *(Se levanta repentinamente, derribando las piezas)* ¡Santo cielo! ¿Qué emboscada es esta, señor Anichino?

ANICHINO: La historia de un enamorado sin juicio que os pide perdón de su locura.

BEATRIZ: ¿Es decir, que vuestro famoso amigo sois vos mismo? ¿Y la prodigiosa desconocida...?

[18] El diálogo en términos cultos y corteses que mantienen Beatriz y Anichino se manifiesta aquí mediante el uso de la alegoría: la *sed* equivale al sentimiento amoroso y el *agua* a la satisfacción carnal del deseo.

ANICHINO: *(De rodillas)* ¡Mi señora Beatriz de Galuzzi, gloria de Bolonia y corazón del mundo!

BEATRIZ: ¿Y tenéis la insolencia de confesármelo en mi propia cámara? Si en tan poco tenéis mi honra, ¿no os da miedo la ira de mi esposo cuando lo sepa, que será inmediatamente?

ANICHINO: Por pronto que sea, no será antes de mañana. Y una noche vuestra bien vale una vida.

BEATRIZ: ¿No pensáis que puedo llamar a mis criados y mandaros azotar?

ANICHINO: Vuestros criados están todos profundamente dormidos.

BEATRIZ: *(Tranquilizada)* Menos mal. ¿Estáis seguro?

ANICHINO: Yo mismo me anticipé a ayudarles poniendo ciertos polvos en su vino.

BEATRIZ: ¿Bebedizos también? ¡Admirable previsión! ¿Y este era el amigo en quien mi esposo había puesto toda su fe? ¿El hombre de cuyos labios no había salido jamás una mentira? *(Alza los brazos desesperada)* ¡Ah, pobres mujeres desprevenidas! Hasta juraría que ese endiablado viaje ha sido otra fábula vuestra para tener libre el campo.

ANICHINO: ¿Qué otro recurso me quedaba si no se aparta nunca de vuestro lado?

BEATRIZ: ¿De modo que también son mentira los diez mil escudos y los mercaderes de especias?

ANICHINO: Y los bajeles turcos y, si fuera preciso, ¡hasta la serenísima república de Venecia! La única verdad es esta desatinada pasión dispuesta a todo. Os he ofrecido mi vida. Si con ello os ofendo, dadme vos la muerte, que solo por venir de esas manos será bien recibida.

*Bajel:* Barco.

BEATRIZ: *(Solloza en un diván)* ¡Pobre de mí, desamparada y sola! ¿Qué puede hacer una débil mujer contra semejante libertino?

*Libertino:* Inmoral.

ANICHINO: Eso no. Soy caballero, y no temáis que tome por fuerza lo que solo de vuestra voluntad espero.

BEATRIZ: Más que de vuestra fuerza tengo miedo de mi generosidad y mi ternura, que las dos se juntan contra mí para perderme. ¿No comprendéis, enemigo de mi sosiego, que también yo me sentí turbada a vuestro lado desde el primer día? ¿Qué también yo temblaba al sentir vuestra mano en mi chapín y vuestra mejilla en el revuelo de mi falda?

ANICHINO: ¿He oído bien? ¿No es un sueño de mis oídos?

BEATRIZ: En vano pretendían ocultar tus labios lo que tus ojos denunciaban a gritos. Desde el primer día te adiviné noble y amante bajo tu disfraz. Presentía que tarde o temprano habíamos de llegar a esto. Lo esperaba temiéndolo... Y ahora ya está aquí. ¡Ay, desdichada de mí! ¡Ay, momento fatal!

ANICHINO: *(Acudiendo a consolarla)* ¡El más hermoso de tu vida y la mía! ¿Por qué lloras, mi bien?

BEATRIZ: Es mi deber. Lloro por mi honra ya perdida. Y lloro sobre todo por mi pobre esposo, que todavía esta tarde era un caballero sin tacha, y mañana será un cornudo convicto y confeso sin que yo pueda hacer nada para remediarlo.

ANICHINO: ¡Benditos los labios que han pronunciado tan discretas palabras! Mi dulce sueño.

BEATRIZ: ¡Amor mío! *(Se besan largamente. Suena un aldabonazo abajo. Sobresalto).*

*Aldabonazo:* Golpe que se da para llamar a una puerta con el aldabón o llamador.

ANICHINO: ¿A estas horas?...

BEATRIZ: ¡Cielos! ¡Estamos perdidos!

ANICHINO: No temas. Será algún caminante extraviado.

BEATRIZ: Jamás. Yo he leído que, cuando dos amantes se besan y suena un aldabonazo, siempre es el marido. *(Corre al balcón)* ¿No lo dije? ¡Él es! Ya está abriendo la puerta con su llave maestra. *(Deteniendo a ANICHINO, que corre a la puerta)* Por la escalera ¡no! ¿Qué pensaría si te encuentra saliendo a esta hora de mis habitaciones?

ANICHINO: Por el balcón.

BEATRIZ: Tampoco; hay luna y pueden verte. ¿Quieres colgar mi honra al viento como una sábana de escándalo? (*Abre el arcón*) Aquí.

*Arcón:* Baúl grande.

VOZ DE EGANO: (*Acercándose*) ¡Beatriz!... ¡Beatriz!

BEATRIZ: ¡Pronto, ya sube! ¡Silencio! (*Se besan rápidamente y ANICHINO se esconde en el arcón. Entra EGANO, molido y quejumbroso. BEATRIZ corre a su encuentro con solícito aspaviento*) ¡Dulce esposo mío! ¿Vienes herido? ¿Ha ocurrido alguna desgracia?

*Solícito:* Amable.

EGANO: Nada grave, querida, calma, calma. (*Se desciñe la espada y se sienta dolorido*).

BEATRIZ: Pero esa palidez... esas ropas destrozadas... ¿Te han asaltado ladrones?

EGANO: Peor. Imagínate que algún desalmado ha prendido fuego al bosque; una ráfaga de chispas me cegó el caballo y lo hizo desbocarse, derribándome por tierra y arrastrándome un buen trecho colgado del estribo. ¡Ay, mis costillas molidas!

BEATRIZ: ¿No te habrás roto nada importante?

EGANO: Según a lo que tú llames importante. ¿Te parecen poco mis costillas?

BEATRIZ: Si no es más que eso, yo te daré unas friegas de ruda, que son mano de santo para verdugones.

*Ruda:* Planta usada en medicina.

*Verdugones:* Moratones.

EGANO: ¿Y mi caballo ciego? ¿Y el negocio perdido? ¡Ay, mi pobre espinazo! ¡Maldita noche y maldito viaje!

BEATRIZ: No maldigas, marido. Pensándolo bien, aún deberías dar gracias a Dios, que te ha devuelto a tu casa en el momento justo. (*Iluminada*) Ahora lo veo claro: el incendio del bosque..., el caballo desbocado... ¡Qué extraños caminos elige la Providencia para salvarnos! ¡Gracias, Señor, gracias!

EGANO: Eso faltaba. ¿Es una bendición del cielo que haya perdido diez mil escudos y me haya roto el bautismo?

BEATRIZ: ¡Un verdadero milagro! ¿No comprendes, incrédulo, que esa ráfaga de fuego era la mano de Dios avisándote que hacías falta aquí para defender tu honra?

(*ANICHINO levanta la tapa del arcón y escucha pasmado*).

EGANO: ¿Qué tiene que ver mi honra en todo esto?

BEATRIZ: Más de lo que imaginas, y ahora vas a verlo. Respóndeme serenamente: ¿cuál de tus criados te parece el más honrado y fiel?

EGANO: Linda pregunta. De sobra sabes que mi favorito es el mismo que el tuyo: Anichino.

BEATRIZ: ¿Estás seguro de que merece esa confianza que hemos puesto en él?

EGANO: Me dejaría cortar la mano. Anichino no es solo mi intendente; es mi mejor amigo, mi hermano. Si algún día no pudiera yo regir mi casa, a ningún otro elegiría para ocupar mi puesto.

BEATRIZ: Pero ¿qué puesto, desdichado? ¡Hay puestos en que un marido no puede nombrar sucesor!

EGANO: Sin adivinanzas, Beatriz. ¿Qué pretendes insinuar?

BEATRIZ: Eso mismo que estás sospechando. Que tu intendente, tu amigo y hermano, es un miserable impostor, el más redomado pícaro del mundo y el peor enemigo de la tranquilidad de tu frente. *(ANICHINO se santigua lívido y se oculta)*.[19]

*Impostor:* Persona que se hace pasar por otra.

EGANO: ¡Mientes!

BEATRIZ: ¡Tengo pruebas! Esta noche, y aquí mismo, aprovechando tu ausencia, ha tenido la audacia de proponerme tales cosas que no hay labios de mujer capaces de repetirlas.

EGANO: Imposible. ¿No habrá exagerado tu honestidad unas simples lisonjas de galantería?

*Lisonjas:* Halagos.

BEATRIZ: ¿Galanterías dices? ¡Declaraciones ardientes! ¡Arrebatos impúdicos! ¡Proposiciones tan licenciosas que harían enrojecer a un cardenal florentino![20] *(Solloza)*.

*Impúdicos:* Inmorales.

---

[19] Con gran habilidad Casona sorprende no solo a Egano y Anichino, sino también a los espectadores con estas palabras de Beatriz que parecen traicionar las intenciones del joven enamorado.

[20] En la época del Renacimiento los altos dignatarios de la Iglesia —especialmente en Italia— vivían rodeados de placeres de todo tipo; en gran medida la reforma protestante de Lutero a comienzos del siglo XVI surgió como protesta contra aquellas corrupciones, tras el viaje del monje agustino a Roma.

EGANO: *(Furioso)* ¡Basta! Vive Dios que si eso es cierto no verá la luz del sol.

BEATRIZ: *(Fingiendo dirigirse a EGANO, pero tranquilizando con el gesto a ANICHINO, que vuelve a asomar suplicante)* ¡Calma, querido mío, mi único amor! Comprendo que es terrible tener que decir esto, pero te juro que lo hago por tu bien y para tranquilidad de los dos.

EGANO: ¡Pronto, mi espada! *(La desnuda)* ¿Dónde está ese infame?

*(ANICHINO cierra de golpe).*

BEATRIZ: No es la espada el arma que necesitas ahora, sino la astucia. Ponte este vestido mío.

EGANO: ¿Yo? ¿Te parece esta ocasión para disfraces?

BEATRIZ: En seguida lo comprenderás. Escucha. Anichino estaba tan fuera de sí que temí cualquier locura si le rechazaba. Entonces fingí ceder a sus deseos prometiéndole bajar luego a encontrarme con él en el jardín. Ya comprenderás que era solo un ardid para alejarle. Pues bien, ahí tienes la ocasión: acude tú a la cita vestido con mis ropas; así podrás escuchar la infamia de sus propios labios y no te quedará la duda de haber matado a un inocente.

*Ardid:* Actuación ingeniosa.

EGANO: Excelente idea. ¡Oh inventiva sutil de las mujeres! Venga ese vestido. *(Se lo pone, urgente y torpe, ayudado por ella)* ¿Dónde es la cita?

*Inventiva:* Imaginación.

BEATRIZ: En mi jardín privado; por el postigo del seto. Toma la llave.

*Postigo:* Puerta pequeña abierta en otra mayor.

*Seto:* Cerca o valla.

EGANO: ¿A qué hora?

BEATRIZ: A medianoche, al sonar las doce en Santo Domingo. ¡No hay tiempo que perder!

EGANO: ¿Habéis convenido alguna señal?

BEATRIZ: Él imitará tres veces el cuco; tú agitarás tres veces este pañizuelo, y contestarás con el silbido del sapo.

*Cuco:* Pájaro también llamado cuclillo.

EGANO: Podíais haberlo hecho menos complicado.

BEATRIZ: No tendría ese sabor furtivo.

EGANO: *(Termina de vestirse)* ¿Estoy bien así? ¿No se notará el engaño?

BEATRIZ: Cuida sobre todo los pies y las manos; es lo más bruto que tenéis los hombres. Camina menudito, así. Agita el pañuelo con donaire..., así. Y no hables una palabra: silba. La sombra del jardín te ayudará. *(Retrocede contemplándole)* Dios mío..., ¿y esa cabeza?

*Menudito:* Con pasos pequeños.

EGANO: ¿Qué tengo?

BEATRIZ: Nada todavía. Pero esos cabellos tan cortos...

EGANO: Me cubriré con una toca. ¿No hay una en este arcón? *(Va resueltamente a abrirlo. Ella lanza un grito de espanto. EGANO se vuelve petrificado. ANICHINO aprovecha el momento para sacar rápidamente la toca, volviendo a ocultarse)* ¿Qué ha sido ese grito?

*Toca:* Prenda de tela para tapar la cabeza de las mujeres a excepción de la cara.

BEATRIZ: Nada, querido; es el espanto de lo que va a ocurrir por mi culpa. Aquí está la toca.

EGANO: *(Solemne)* Ahora reza y espera. Tú has sabido cumplir como una buena esposa. ¡Yo sabré cumplir como marido! *(Sale gallardamente poniéndose la toca. BEATRIZ cierra la puerta con llave. ANICHINO salta del arcón, aterrado).*

ANICHINO: ¿Qué has hecho, insensata? ¡Todo lo has echado a rodar con tu imprudencia!

BEATRIZ: Al contrario. ¿No lo has comprendido aún? Precisamente ahora que vamos a engañarle es cuando necesitamos que tenga más fe en nosotros.

ANICHINO: ¿Y para eso empiezas denunciándome? ¡Qué el diablo me lleve si lo entiendo!

BEATRIZ: No me extraña; el amor tiene esta rara virtud de cegar a los hombres y abrir los ojos a las mujeres. *(Toma un apagavelas y comienza tranquilamente a matar luces).*

*Apagavelas:* Instrumento para apagar las velas.

ANICHINO: Tengo que huir inmediatamente.

BEATRIZ: Imposible; la puerta está cerrada con llave.

ANICHINO: ¿Y si vuelve y nos sorprende juntos?

BEATRIZ: No se moverá de su puesto hasta las doce. Si no he calculado mal, falta media hora larga.

ANICHINO: Pero, ¿adónde piensas llegar con tu farsa? ¿Qué va a pasar esta noche en el jardín?
BEATRIZ: Lo que haya de ocurrir allí ya lo sabrás después. Entre tanto, por favor, sopla ese candelabro.
ANICHINO: ¿Para qué?
BEATRIZ: El pudor, querido..., ¡el pudor![21]

*(ANICHINO la abraza y sopla fuerte. Se apagan todas las luces. Música. Cortina).*

[21] Obsérvese con qué elegancia pone en escena el dramaturgo la picardía y el sensualismo del original de Boccaccio.

## ESCENA II

*Jardín con seto de arrayán en que se abre un disimulado cancel. A un lado, pabellón de acceso a la casa.*

Arrayán: Árbol de flores blancas de magnífico olor.

Cancel: Puertecilla.

*En la penumbra lunada pasea inquieto* EGANO, *vestido de mujer. Se oye en el pabellón la voz de* BEATRIZ *llamando como un susurro.*

VOZ DE BEATRIZ: Amor mío... ¿Estás ahí, amor mío?

EGANO *se cubre rápido el rostro con su chal, adopta una actitud femenina y contesta con el pañizuelo. Sale* BEATRIZ.

BEATRIZ: Pero ¿qué haces, querido? Soy yo, Beatriz.

EGANO: ¡Oh, perdona! Los mil rumores de la noche y esta extraña aventura me tienen trastornado el sentido.

BEATRIZ: ¿Hasta el punto de confundir mi voz?

EGANO: Y la mía propia. Hace un momento se me escapó un suspiro y me volví espantado creyendo que suspiraba otro. Veo pupilas que me acechan, y solo son luciérnagas. Oigo susurros que me llaman, y es el vuelo de los murciélagos. ¿Falta mucho todavía?

Luciérnagas: Insectos que emiten luz fosforescente.

BEATRIZ: Están al caer las doce.

EGANO: ¡Cómo alarga el tiempo la impaciencia! Me parece que llevo un siglo esperando.

BEATRIZ: En cambio, a mí me ha parecido apenas un minuto.

EGANO: ¡Calla!... (*Escucha. Voz baja.*) ¿Oyes algo arrastrándose?

BEATRIZ: Es el rumor del río.

EGANO: ¿Y esos dedos arañando el postigo?

*Chicharra:* Insecto también llamado cigarra, que emite un sonido muy característico.

BEATRIZ: Es la chicharra en el árbol. (EGANO *respira, aliviado. De pronto, vuelve a escuchar).*

EGANO: ¿Y ahora? ¿No oyes una cosa..., una cosa así..., que no se oye?

BEATRIZ: Sí.

EGANO: ¿Qué es?

BEATRIZ: El silencio.

EGANO: Nunca lo imaginé tan inquietante. ¿Sabes lo que estoy pensando?

BEATRIZ: Sé lo que estás deseando: que no venga.

EGANO: Ciertamente. ¿No se habrá avergonzado de su propia infamia y se habrá arrepentido?

BEATRIZ: No lo esperes. En cuestiones de amor muchos se arrepienten después; pero antes, ninguno. (*Comienzan a oírse las doce en una torre lejana*) La medianoche en Santo Domingo. ¡Ha llegado el momento!

EGANO: Ocúltate. Desde ahí puedes escucharlo sin ser vista.

BEATRIZ: Valor, esposo mío.

EGANO: ¡Un momento! ¿Cómo canta el cuco?

BEATRIZ: Como un primer día de primavera.

EGANO: ¡Gentil información! Y el sapo, ¿cómo silba?

BEATRIZ: Como el «la» de una flauta. Así. *(Silbido.* BEATRIZ *se retira al pabellón.* EGANO *se cubre nuevamente el rostro y vuelve al centro de la escena. Ligera pausa tras la última campanada. Se oye tres veces el canto del cuco.* EGANO *agita su pañuelo y contesta con tres roncos silbidos.).*

*Alondra:* Tipo de ave.

VOZ DE ANICHINO: Beatriz... Beatriz... (*Un silbido contestando)* ¿Eres tú, mi dulce alondra? (*Dos silbidos*) ¿Traes en tu seno la llave de plata que ha de abrir este verde muro? *(*EGANO *la muestra en alto y silba afirmando)* Abre, querida; mis ojos y mis labios tienen hambre de ti.

*(*EGANO *abre y se retira pudoroso, escondiendo el rostro. Entra* ANICHINO*).*

ANICHINO: ¡Por fin! Había llegado a temer que tu promesa no fuera más que un sueño de mi propia fiebre. Pero no, aquí estás iluminado mi noche. Ya presiento bajo el pudor de ese chal la súplica temblorosa de tus ojos. ¿Por qué ese recelo de corza sorprendida? ¿No estás dispuesta a todo? (*Silbido afirmativo*) Júrame que nada te detendrá: ni el miedo al peligro, ni la paz de tu casa, ni la fe que debes a tu esposo. ¿Me lo juras? (*Silbido. ANICHINO cambia repentinamente el tono y enarbola un garrote que trae escondido*) ¡Ah, miserable! ¿Luego eran ciertas mis sospechas? ¡Infame adúltera! ¡Despreciable mesalina![22] (*Golpea a EGANO, que trata de huir*) ¿No has comprendido, insensata, que mi falsa declaración era solo un ardid para poner a prueba tu virtud? ¿Me creías capaz de traicionar, como lo haces tú, al hombre al que debo honra y fortuna? ¡Toma, pérfida mujerzuela! ¡Pecadora impía!

*Corza:* Animal de la familia del ciervo.

(*EGANO, sofocando gritos, trata de huir y cae enredado en sus faldas*).

EGANO: ¡Piedad! ¡Misericordia!

ANICHINO: No temas, cobarde, que te denuncie a tu esposo. No lo haré por ahorrarle esta vergüenza, pero no ha de quedar sin castigo tu traición. (*Redobla los garrotazos*) ¡Libidinosa perjura! ¡Inverecunda vulpeja!

EGANO: ¡Socorro! ¡Beatriz! ¡Beatriz![23]

BEATRIZ: (*Se adelanta alzando los brazos*) ¡Basta, Anichino, por amor de Dios!

ANICHINO: (*Fingiendo pasmo*) ¡Qué ven mis ojos! ¿Otra Beatriz? Pero entonces, ¿quién es esta desdichada?

*Libidinosa:* Lujuriosa, lasciva.

*Perjura:* Mentirosa, que falta a su juramento.

*Inverecunda:* Desvergonzada.

*Vulpeja:* Zorra.

[22] Mesalina (25-48 d. C.), esposa del emperador romano Claudio, está considerada desde la antigüedad ejemplo de mujer inmoral, licenciosa y cruel.

[23] Este momento representa el clímax de la pieza: la máxima tensión dramática viene con el apaleamiento del marido engañado, resultado de la astucia desplegada por Beatriz; es también la ocasión de comprobar si Egano se ha creído la mentira.

EGANO: ¿Tan ciego estás que no reconoces a tu señor?

ANICHINO: ¡Cielos! ¡Mícer Egano! ¿Estoy soñando o es arte de brujería?

EGANO: (*Se levanta quejumbroso, arrancándose toca y chal*) Tal me has dejado, hijo mío, que ni yo mismo me reconocería. ¡Ay, noche aciaga! ¡Atropellado por mi mejor caballo y apaleado por mi mejor amigo!

*Aciaga:* Desastrosa.

ANICHINO: ¿Y yo he ultrajado al hombre por el que daría mi alma y mi vida? (*tira el garrote y cae de rodillas*) ¡Cortad, señor, estas manos pecadoras que han escarnecido lo que más veneran!

BEATRIZ: Levantaos, amigo, que mi esposo ya lo sabe todo y no ha de negaros su perdón.

ANICHINO: ¡De rodillas lo he de ganar, besando la tierra donde él pise!

EGANO: Así no; en mis brazos, hermano. (*Se abrazan*) Lástima que un alma tan noble tenga unas manos tan duras.

ANICHINO: Permitidme que os explique esta confusión.

EGANO: No hace falta, que ya Beatriz me lo había confiado todo, y creyéndote traidor, ella misma imaginó esta industria para sorprenderte in fraganti.

*Industria:* Plan.

*In fraganti:* Mientras se está haciendo algo.

BEATRIZ: Perdonadme si os ofendí con mis sospechas.

ANICHINO: Yo soy el único culpable de este funesto enredo.

EGANO: Los tres lo fuimos un momento: tú por dudar de Beatriz y nosotros por dudar de ti. Afortunadamente todo está aclarado, y si hasta hoy has sido mi servidor, desde ahora serás mi compañero en todo.

ANICHINO: Gracias, señor. ¡Bendito el cielo que así transforma una infausta noche en la más hermosa de mi vida!

*Infausta:* Desgraciada.

EGANO: Bendito mil veces, digo yo. ¿Qué importan mi caballo ciego y mis costillas santiguadas,[24] si ahora puedo jurar con las manos en el fuego que mi ami-

[24] He aquí un popular ejemplo de metáfora: Egano tiene las «costillas santiguadas», es decir, crucificadas o maltratadas.

go es el más fiel de los amigos y mi esposa la más fiel de las esposas?

BEATRIZ: Alegrémonos todos. Toma mi brazo, querido. Tomad vos el otro. Y celebremos juntos esta singular aventura. ¡Es la primera vez que el amor hace felices a tres al mismo tiempo![25] (*Entran alegremente en la casa*).

FIN DE LA FARSA

[25] El desenlace de la obra constituye una muestra de anticlímax irónico: tras la violencia anterior, los protagonistas quedan en perfecta concordia; además el espectador conoce hasta dónde llega la verdad en la afirmación de Beatriz acerca de que «el amor hace felices a tres al mismo tiempo».

# FABLILLA[1] DEL SECRETO BIEN GUARDADO

Tradición popular

PERSONAJES

| | |
|---|---|
| BRUNO | SANDRA |
| JUANELO | ASUNTA |
| LEONELA | LISETA |

[1] Fábula o historieta breve.

*Cocina de aldea. La tina para la colada, el hogar, el horno, un arcón de roble, un montón de sacos y, colgados en espigones de madera, alforjas y atalajes. Es mediodía. Se oye el reloj de la iglesia dando las doce.*

*Tina:* Vasija para usos variados.

*Arcón:* Baúl grande.

*Espigones:* Puntas.

*Alforja:* Bolsa doble para echar al hombro o sobre el lomo de un animal.

*Atalajes:* Equipamientos de una caballería.

*Pámpano:* Hoja tierna de la vid.

*JUANELO, pálido y nervioso, aparece en la puerta; mira hacia atrás como temiendo que alguien le siga. Entra escondiendo bajo el brazo un envoltorio disimulado entre pámpanos. Llama tres veces en voz alta y espera conteniendo el aliento.*

JUANELO: ¡Leonela!... ¡Leonela!... ¡Leonela!... *(Tranquilizado al sentirse solo, deja el envoltorio y corre a cerrar puerta y ventana. Después busca un lugar donde esconderlo. Lo hace primero en el arcón; no le parece seguro; vuelve a sacarlo y lo mete en el horno. Duda, lo saca nuevamente, mira en todas direcciones buscando otro escondite. Llaman a la puerta. JUANELO, sobresaltado, corre a esconder su tesoro entre los sacos mientras responde. Las lentas campanadas de la iglesia han llenado la larga pausa. Llaman de nuevo, más fuerte)* ¡Voy!...

VOZ DE BRUNO: ¡Ah de la casa!

JUANELO: ¡Voy..., voy!... *(Abre. Entra BRUNO, viejo campesino. Colgados a un hombro la escopeta y el zurrón de caza; al otro, una red).*

BRUNO: ¡Novedad grande es esta! ¿Desde cuándo se cierra con llave la casa de un pobre?

JUANELO: Habrá sido Leonela al salir.

BRUNO: ¡Por san Fabricio[2] que sería cosa de ver! ¿Tu mujer sale y deja la casa cerrada por dentro?

*Zurrón:* Bolsa de cuero usada por pastores y cazadores.

*Red:* Instrumento para pescar.

---

[2] La religiosidad popular se manifiesta a través del lenguaje en frecuentes apelaciones y referencias a los santos.

JUANELO: Se habrá corrido la llave.

BRUNO: ¿Ella sola? ¿Y con dos vueltas?

JUANELO: Pues habré sido yo sin pensar.

BRUNO: ¿Por qué? ¿Has cometido algún crimen? Porque miedo a ladrones no será.

JUANELO: *(Impaciente)* ¡Basta, padre! Si cerré o no cerré, que el demonio me lleve si me di cuenta. Y quede aquí la cosa. *(Huye la mirada)* ¿De caza o de pesca?

BRUNO: Todo junto. Cuando yo tenía tu edad y salía con la escopeta, saltaba la trucha; cuando salía con la red, saltaba la liebre. Ahora ya soy perro viejo y juego a los dos paños para acertar.[3]

JUANELO: ¿Cayó algo?

*Brezal:* Lugar poblado de un tipo de arbusto llamado brezo.

BRUNO: Algos. En el brezal, esta liebre, que está pidiendo a gritos un arroz, y en el río, esta trucha, que dará sus tres libras de escabeche. Con una buena hogaza y dos cuartillos por barba, mañana será otro día.[4] *(Mostrando su liebre)* ¿Qué me dices de este ejemplar? Ni la sobrina del cura es más rolliza.

JUANELO: *(Ajeno)* No está mal.

BRUNO: Escaso andas de palabras. Y de color. ¿No te sientes bien?

JUANELO: No es nada..., el calor... ¿Otro vaso?

BRUNO: ¿Por qué dices otro si es el primero?

*Tintinea:* Golpea y hace ruido.

JUANELO: Creí. *(Sirve. La botella tintinea en el vaso)* ¿Que mira tan fijo?

BRUNO: El pulso.

JUANELO: ¿No está firme?

*Sacristán:* Ayudante del cura.

*Repicar:* Sonar las campanas.

BRUNO: Si fueras sacristán, bueno para repicar. *(Bebe, dejando caer las palabras mientras lo observa)* ¿No habías ido a la viña?

[3] También aquí aparecen en primer plano varias actividades identificadas con el mundo rural y la cultura popular, a los que pertenecía el receptor natural de estas obras de Casona, en su origen escritas para el teatro de las Misiones Pedagógicas.

[4] Otra vez el entusiasmo por la comida, de inmediato compartido por ese auditorio popular para el que Casona había concebido estas obras. Más abajo, con la creación del plural indefinido «algos» se alude a los dos animales pescados: la trucha y la liebre.

JUANELO: Fui.

BRUNO: Pronto volviste.

JUANELO: No hacía falta más.

BRUNO: *(Entrando de lleno al tono confidencial)* ¿Y cuándo ocurrió la cosa, al ir o al volver?

JUANELO: Muy preguntador está hoy, padre.

BRUNO: Y tú muy poco contestador.

JUANELO: Será que tengo la cabeza en otra parte.

BRUNO: Será. *(Beben en silencio. Juanelo se sienta pensativo. El padre le da una palmada cariñosa y se sienta a su lado)* Vamos, hijo, suéltalo de una vez. ¿Qué te ocurrió esta mañana?

JUANELO: ¡Padre!...

BRUNO: Por lo visto es grave.

JUANELO: Tanto que desde esta mañana a las diez no sé si soy el hombre más feliz del mundo o si esta misma noche me voy a colgar de un árbol.

BRUNO: Dios te perdone el mal pensamiento. ¿Qué te ocurrió esta mañana?

JUANELO: Me levanté al rayar el alba, como siempre, y me fui a cavar la viña. Serían las cinco...

BRUNO: Por tu alma, rapaz, ahórrame esas cinco horas. ¿Qué pasó a las diez?

*Rapaz:* Muchacho.

JUANELO: Sonando estaban en el reloj de la iglesia cuando, de repente, siento que la azada tropieza en una cosa dura. ¿Una piedra? ¡Sí, sí, piedra!... Otro golpe, y veo una cosa que relumbra. ¿Un vidrio? ¡Sí, sí, vidrio!... Miro y remiro, me agacho, escarbo, toco, vuelvo a mirar... ¡Dios de Dios! ¡Creí que me caía redondo allí mismo! Que no puede ser, que sí puede ser... ¡Y era, padre!... ¡Era!

BRUNO: ¿Era?

JUANELO: ¡Era!

BRUNO: Pero ¿qué era, maldito?

JUANELO: ¡Un tesoro! ¡Un cofre lleno de alhajas y monedas de oro!

*Cofre:* Estuche para guardar joyas.

BRUNO: ¡Bendito san Antón! ¿De modo que te cae una fortuna del cielo y piensas colgarte de un árbol?

*Barandales:* Barandillas, balaustradas.

*Cavilaciones:* Meditaciones.

JUANELO: En el primer momento, no. Solo me vi como me quisiera: una casa propia con barandales al río, la mesa grande con manteles y convidados, y un caballo con borlas encarnadas para la feria de san Gandolfo[5]. Pero pronto se acabaron mis glorias y empezaron las cavilaciones.

BRUNO: En eso no andas descaminado, que fortuna encontrada pide secreto, y dinero en casa pobre y amor en ojos mozos pronto se dan a entender.

JUANELO: A eso iba yo. Si la cosa quedara entre nosotros, ahí me las den todas. Pero ¿qué va a ser de mí cuando lo sepa todo el mundo?

BRUNO: ¿Y por qué tiene que saberlo el mundo? ¿Te vio alguien con el cofre?

JUANELO: Nadie.

BRUNO: ¿Entonces?...

JUANELO: ¿Soy yo acaso el único detrás de mi puerta? Demasiado conoce usted a mi mujer: ¡larga de lengua como la sombra de un pino por la tarde! Saberlo ella y saberlo el pueblo entero, todo es uno y lo mismo.

BRUNO: Por esta vez callará. Dile que es cosa de vida o muerte.

JUANELO: Como si dijera misa. Secreto en su boca, agua en una cesta.

BRUNO: Ruégale de rodillas.

JUANELO: Se reirá de pie.

BRUNO: Cósele la boca.

JUANELO: Lo contará por señas.

BRUNO: ¡Pégale!

JUANELO: ¡Es más fuerte que yo![6]

---

[5] *San Antón* (en la página anterior) es el santo patrono de los cerdos, las vacas y los burros, por lo que disfruta de gran devoción en el medio rural; *san Gandolfo* fue un santo franciscano del siglo XIII muy venerado en la ciudad italiana de Palermo.

[6] Obsérvese de nuevo la reiteración, en tres ocasiones, del mandato de Bruno y la respuesta de Juanelo; se repite una vez más el concepto no muy favorable de la esposa: como hemos visto, la misoginia o menosprecio de la mujer era frecuente en la literatura de inspiración popular.

BRUNO: Pues si no puedes con tu mujer, no hay más que una solución: la primera que debiste pensar. No se lo digas a ella tampoco.

JUANELO: ¿Y las narices?

BRUNO: ¿Qué narices?

JUANELO: ¡Se lo huele desde lejos! Solo una vez la engañé en mi vida, con la panadera... ¡Y no hice más que volver a casa y por el olor me sacó la torta!

BRUNO: Entierra el cofre en el sótano.

JUANELO: Tiene ojos de zahorí.

BRUNO: ¡Arráncale los ojos!

JUANELO: ¡Tiene una vela en cada dedo!

BRUNO: ¡Mátala de una vez!

JUANELO: ¡Esa es de las que vuelven! No hay salvación padre; una soga y un árbol..., una soga y un árbol...

BRUNO: Calma, hijo, calma. Pongámonos en lo peor: que tu mujer se entera y lo publica a los cuatro vientos. A fin de cuentas, ¿qué te puede pasar?

JUANELO: ¿Y usted me lo pregunta? ¡Ay, padre, y qué poco conoce usted el mundo a pesar de sus años! Por lo pronto, como la viña solo es mía en arriendo, el dueño me pondrá pleito. Los vecinos, por si hay más cofres, me excavarán las tierras por la noche, arruinándome la cosecha. Los amigos me pedirán; los que me deben no me pagarán; los que me prestaron me reclamarán... Y, entre tanto, el notario que levanta escritura; el escribano que me llena la casa de tinta, vaciándomela de vino... ¿Terreno valorado?, más contribuciones. Palabra que se te escape, legajo nuevo...; exhorto que entra, jamón que sale... Y el pleito que no se acaba, y embargos para responder, y alguaciles vienen y testigos van...

BRUNO: No hay mal que cien años dure; ganarás el pleito.

JUANELO: ¿Y con eso qué? Ahí están las partijas: la mitad para el dueño del terreno; el tercio para el fisco; el quinto para el rey; el diezmo para el convento... Quite gabelas y alcabalas, y lo que sobre, si sobra, para ayuda de costas. ¡Eso si no ocurre lo peor!

*Zahorí:* Personas capaces de descubrir aguas subterráneas.

*Legajo:* Colección de papeles archivados que tratan de un mismo asunto.

*Exhorto:* Mandato judicial.

*Alguacil:* Policía.

*Partijas:* Partes, divisiones.

*Diezmo:* Décima parte de algo.

*Gabelas:* Impuesto.

*Alcabalas:* Tributos.

*Ayuda de costas:* Gastos del proceso judicial.

BRUNO: ¿Peor todavía?

JUANELO: Que entre todos encuentren pequeña la tajada y me acusen de ocultación. ¿Defraudación pública? Proceso criminal. ¿Que confieso? Incautación. ¿Que no confieso? Tormento. Item más: los peritos sentenciarán que el tesoro es de moros, judíos o paganos. ¡Excomunión! Suma y sigue: el defensor dirá que soy inocente, y cobrará; el fiscal dirá que soy culpable, y cobrará; el obispo cobrará sin decir nada... ¡Ay padre de mi alma, el dineral que me va a costar este tesoro, si no me cuesta la honra y el pellejo!

*Incautación:* Apropiación por parte de la autoridad, confiscación.

*Ítem:* Además (latinismo jurídico).

*Peritos:* Especialistas.

BRUNO: ¡Basta, cuerpo de Dios; basta de desatinos!

JUANELO: Le juro que es el Evangelio. ¿No oye pasos? ¿Quién va? *(Frenético)* ¡No hay nadie en casa!... ¡Nadie..., nadie!

BRUNO: ¡Juanelo!

JUANELO: ¡Yo no fui!... ¡Yo no sé nada!

BRUNO: ¡Basta, repito! ¡Quieto! *(Lo sujeta fuerte y le da una bofetada. JUANELO reacciona, calmándose)* Perdona.

JUANELO: De nada, padre... Gracias.

BRUNO: ¿Sabes lo que te digo, hijo? Por tu bien, coge ahora mismo ese maldito cofre, vuelve a enterrarlo donde estaba, y aquí paz y después gloria.

JUANELO: ¿Renunciar yo a mi tesoro? Primero me arrancarían la uña de la carne. Hay que pensar algo antes que llegue mi mujer. *(Se la oye cantar, acercándose)* ¡Y pronto, que ya está ahí!

BRUNO: Buena me has dejado la cabeza para pensar nada.

JUANELO: ¡Una idea, padre! ¡Cien escudos de oro por una idea!

BRUNO: Allá tú y ella con vuestro negocio. A mí pocos años me quedan ya de ser pobre, y con mi liebre y mi trucha tengo bastante por hoy. (*Se dispone a salir*).

*(JUANELO repite como un obseso:)*

*Obseso:* Loco.

JUANELO: Una liebre, una trucha..., una trucha, una liebre... Liebre-trucha..., trucha-liebre..., liebre-trucha... *(Lanza un grito de júbilo, le abraza y retoza como un corzo)* ¡Gracias, padre! ¡Cuente con los cien escudos!

*Retozar:* Brincar y saltar alegremente.

BRUNO: ¿Qué quieres decir?

JUANELO: Que estamos salvados. ¡Pronto! Ayúdeme a cambiarlas de sitio: la liebre en la red..., la trucha en el zurrón de caza... ¡Pronto!

BRUNO: ¿Has perdido el juicio?

JUANELO: Nunca lo tuve más claro. Ahora déjeme solo con ella. ¡Y silencio, por Dios..., silencio!

*(BRUNO sale pasmado. Juanelo se santigua rápido y se sienta junto a la lumbre en actitud de profunda meditación. Entra LEONELA con un gran cesto de ropa que empieza a disponer seguidamente para la colada sin reposar un momento. Movimiento y reniego son sus dos modos habituales de expresión).*

LEONELA: ¡Malos años, marido! Siempre sentado, como san Alejo[7] en la escalera. Bien dicen que el que nace redondo no muere cuadrado. Por el siglo de mi madre, que si en vez de seguir mi gusto hubiera seguido sus consejos, no me vería ahora como me veo: lavando ropa ajena para remendar la propia.[8] ¡Y qué ropa, Virgen santa! ¡Roña roñosa, tiña tiñosa, zarrapastrosa! Miren las sábanas del alcalde, con más ventanas que el Ayuntamiento un día de fiesta. Y las camisas de la boticaria, que bien podía ahorrar jubones de terciopelo y tapar mejor sus vergüenzas... y las de su casa. ¡Las de su casa, sí! Por la sobrina lo digo, que esta mañana le dio un desmayo en la

*Por el siglo de:* Fórmula expresiva para reforzar una afirmación.

*Tiña:* Enfermedad de la piel que produce escamas y caída del cabello.

*Jubón:* Prenda antigua equivalente al jersey actual.

[7] San Alejo fue un santo que, según la leyenda, pasó gran parte de su vida recluido debajo de una escalera.

[8] La tarea de lavar por parte de las mujeres era una de las actividades sociales más importantes dentro de la cultura popular, porque era el momento en que ellas intercambiaban experiencias, cotilleos, consejos y expresaban sus sentimientos íntimos.

fuente; ella dice que del vientre vacío, pero no me sorprendería lo contrario, que anda muy quebrada de color desde que pasó la tropa por el pueblo, va para siete meses. Con otros dos, lo que sea sonará. ¡Vaya si sonará! ¡Tanto rendibú..., tanto mírame-y-no-me toques, y con la zurda..., je, mosquita muerta![9] ¿Y estos andularios? ¿No parecen toca de viuda o balandrán de clérigo? Pues son los calzones blancos de Simoneto, que, después de todo, no sé por qué se queja tanto: si a la vaca se la partió un rayo, su mujer parió mellizos, y váyase lo uno por lo otro. De la Casa de las Siete Cuñadas no quise tomar faena, por si acaso, que andan con la viruela loca. ¡Loca tenía que ser para meterse en semejante infierno! ¡Cueva de escorpiones! A la mayor la mordió un perro, ¿y quién dirás que se volvió rabioso? ¡El perro! ¿Eh!, contigo hablo, marido. ¿Te has quedado mudo o tan poco soy que ya ni la palabra merezco?

*Rendibú:* Afectación, homenaje (del francés *rendez-vous* = cita).

*Andularios:* Ropa que cuelga sobre el suelo desproporcionadamente.

*Balandrán:* Especie de sotana con esclavina propia de los sacerdotes.

*Viruela:* Enfermedad contagiosa.

JUANELO: *(Solemne)* No me turbes ahora. Cosas más altas tengo yo en qué pensar.

LEONELA: Pues piensa, hijo, piensa. Y sobre todo, piensa sentado, que así nos luce el pelo. Asunta la de la fragua, que fue criada en casa de mi madre, con mantilla de blonda; Sandra, la del mesón, que empezó fregando platos, comprándose un olivar... ¡y yo, que nací señora, lavando para las dos! ¡Vivir para ver! Pero ¿de qué me quejo si yo misma me lo busqué? Cuatro pretendientes ricos tuve, con el pobre me fui a estrellar, y miren cómo me lo paga: sentado todo el santo día y roncando toda la santa noche... ¡Que roncando te vea yo en los infiernos por los siglos de los siglos, amén!

*Blonda:* Encaje de seda.

JUANELO: No reniegues, mujer, y menos un día como hoy. Si supieras lo que me ha pasado esta mañana, estarías sin habla y de rodillas.

[9] Obsérvese la presencia del habla coloquial en las palabras de Leonela; Casona procura mantener a cada personaje en el nivel lingüístico adecuado.

LEONELA: ¿A ti te ha pasado algo? ¿A ti? Más vale tarde que nunca. ¿Y qué fue, si puede saberse?

JUANELO: No pensaba decírtelo, pero es demasiada carga para mi conciencia.

LEONELA: *(Abandona su trabajo, interesada)* ¡Eso faltaba! Para una vez que tienes algo que contar, ¿pensabas comértelo tú solo? Habla, bendito de Dios, habla.

JUANELO: Cierra puerta y ventana. Si alguien nos oye, estamos perdidos.

LEONELA: *(Cerrando y cambiando el tono, inquieta)* ¿Tan grave es la cosa?

JUANELO: Tanto, que todavía me tiemblan las carnes al recordarlo.

LEONELA: No me asustes, marido. ¿Un mal encuentro? ¡Me lo imaginé! ¿No? ¿Un robo?... ¡Me lo daba el corazón! ¿Tampoco? ¿Una muerte?... ¡Tenía que ser! ¡Ay, pobre viuda, ay, pobres huérfanos!... ¡Y esa madre..., esa madre!

JUANELO: ¿Qué madre?

LEONELA: La del muerto.

JUANELO: ¿Qué muerto?

LEONELA: ¿No lo mataron?

JUANELO: ¡Si te callaras una vez! Ni robos, ni sangre, ni muerto. Lo que a mí me pasó fue un milagro. Mejor dicho, tres: ¡tres milagros seguidos delante de estos ojos pecadores!

LEONELA: ¡Alabado sea el Santísimo! ¿Quieres burlarte?

JUANELO: ¡Por mi salvación te lo juro! ¿Tienes fe, Leonela?

LEONELA: De cristianos viejos vengo.[10]

JUANELO: Pues santíguate tres veces y prepárate a oír lo que nunca imaginaste.

LEONELA: ¡Por tu alma, que reviento! Rompe ya de una vez. *(Se sienta a su lado, anhelante)*.

---

[10] Respecto a la orgullosa afirmación de Leonela insistiendo en que ella pertenece al grupo de los cristianos viejos, véase la nota 10 de *Sancho Panza en la Ínsula* (pág. 52).

JUANELO: Despacio, que a eso voy. Esta mañana me levanté temprano para ir a la viña; como queda lejos, y por si algo saltaba de camino, me eché a un hombro la red y al otro la escopeta. Llego al río, veo una sombra que se mueve en el agua, tiro la red... ¿y qué dirás que pesco?

LEONELA: Una trucha.

JUANELO: ¡Una liebre!

LEONELA: ¡No!

JUANELO: Eso pensé yo al principio: ¡no!... Pero miro y remiro y vuelvo a mirar, y no hay vuelta de hoja: ¡una liebre!

LEONELA: ¡Madre de Dios Soberana! ¿No habrías bebido, Juanelo?

JUANELO: Más fresco estaba que una madrugada. Imagínate cómo me quedé, que si me pinchan no me sale gota. Sigo caminando sin saber qué pensar; llego al bosque, veo una cosa que corre entre las matas, me echo la escopeta a la cara, disparo... ¿y qué dirás que mato?

LEONELA: ¡Otra liebre!

JUANELO: ¡Una trucha!

LEONELA: ¡Ánimas de Purgatorio! ¿Una trucha en el bosque? ¿No estarías soñando?

JUANELO: ¿Tengo cara de sueño? ¿No me ves temblando como una vara verde?

LEONELA: Pero entonces, Juanelo, entonces... ¡era un aviso del cielo!

JUANELO: Lo mismo que pensé yo: «¡Arrodíllate, miserere, que la mano de Dios está sobre tu cabeza!» Caigo de rodillas rezando el «Yo pecador»[11], me agacho a besar la tierra, cuando de repente, allí mismo, delante de mis ojos, veo una cosa que relumbra...

LEONELA: ¡Una espada de fuego!

[11] En el habla popular abundan los términos de índole religiosa: «miserere» es una oración para pedir piedad o perdón; el «Yo pecador» se reza al comienzo de la Misa para pedir a Dios perdón por los propios pecados.

JUANELO: ¡Un tesoro, Leonela! ¡Un cofre repleto de alhajas y monedas contantes y sonantes!

LEONELA: *(Se levanta de un salto, pálida, estremecida)* ¡Ah, no, no, no y no! Lo de la liebre... pase. Lo de la trucha... pase. ¡Pero un tesoro! ¡Tú quieres matarme de una alferecía! ¿De verdad no me engañas?

*Alferecía:* Enfermedad que se manifiesta mediante un ataque repentino.

JUANELO: ¿Necesitas pruebas, mujer de poca fe? *(Mientras busca su cofre)* Mira esa red: ¿qué ves ahí?

LEONELA: ¡Ciega me quede si no es una liebre!

JUANELO: Mira ahora ese zurrón de caza. ¿Qué ves?

LEONELA: ¡Muerta me caiga si no es una trucha!

JUANELO: *(Volcando su tesoro sobre la mesa)* ¿Y esto? ¿Son sueños de mal vino esto?

LEONELA: *(Deslumbrada)* ¡Otro, ajorcas, collares!... ¡Ay, Juanelo de mis pecados, que yo me vuelvo loca de alegría! *(Le abraza y le besa sonoramente)* ¡Mi marido querido! ¡Siempre dije yo que en el mundo, de arriba abajo, no había hombre como el mío!

*Ajorca:* Especie de pulsera.

JUANELO: Calma, mujer, calma, y baja la voz. Por lo que más quieras, júrame que, pase lo que pase, nadie sabrá una palabra de esto. ¡Júralo!

LEONELA: ¡Por la memoria de mi madre, que cien años me espere, amén! *(Revolviendo el tesoro como almorzadas de trigo)* ¡Ay, qué rubio color de toronjas! ¡Ay, qué retintín de campanas de gloria! ¡Oro..., oro..., oro...!

*Almorzada:* Porción de cualquier cosa suelta que cabe en el hueco de las dos manos juntas.

*(Se oye repicar el aldabón de la puerta).*

*Toronja:* Fruto de un árbol llamado toronjo.

*Aldabón:* Llamador de una puerta.

JUANELO: ¡Dios nos ampare! ¿Habrán oído?

LEONELA: *(Recogiendo rápida)* ¡Corre a enterrarlo en el sótano! ¡Ciérrate con siete llaves! ¡Siéntate encima! ¡Si hay peligro, de aquí no pasan! ¡Pronto!

*(Más aldabonazos y voces de las vecinas llamando).*

VOCES: ¡Leonela! ¡Leonela!... *(JUANELO sale con el cofre. LEONELA se domina con esfuerzo y respira hondo)* ¿No hay nadie en esta santa casa? ¡Leonela!

LEONELA: ¡Ya va! ¡Ya va! *(Abre. Entran* ASUNTA, SANDRA *y* LISETA *con grandes cestos de ropa)* Buen día, vecinas. ¿A qué viene tanto repicar en casa ajena?
ASUNTA: Como tardabas en abrir...
SANDRA: ¿Estabas ya durmiendo la siesta?
LEONELA: Buenos están los tiempos para dormir. Muy cargadas venís las tres. Y a buen seguro que regalos no son.
ASUNTA: Trabajo, que es el regalo del pobre. Yo, cuatro camisas y ocho sábanas. Trátalas con cuidado, que son de hilo portugués.
LEONELA: Podrías ahorrarte el consejo. ¿O crees que no sé lo que son las sábanas de hilo, yo que nací entre holandas?

*Holandas:* Tejidos finos.

SANDRA: Yo, dos mudas completas y el mantel grande de fiesta.
LEONELA: ¿Portugués también, verdad? Madapolán y gracias.

*Madapolán:* Tela blanca y de buena calidad, parecida al percal.

LISETA: Y yo el ajuar de Petruca. Mojar y planchar nada más. ¿Estará para el domingo?
LEONELA: *(Reticente)* Allá veremos.

*Reticente:* No muy convencido de algo.

LISETA: ¿Cómo veremos? Tiene que estar.
LEONELA: Paciencia, hija; si no es para este, será para el que viene, y si no, para el domingo de Ramos.[12]
LISETA: Pero la boda no puede esperar.
LEONELA: ¿Y a mí qué? ¿Soy acaso la novia o la madrina? ¿Te acordaste siquiera de mí para convidarme?
LISETA: La verdad, no lo pensé.
LEONELA: ¡Naturalmente! Los pobres están bien para servir a la mesa; para sentarse, no.
ASUNTA: Pero, hija, ¿qué mal repente te dio hoy que todo te enfada?
LEONELA: Que ya estoy harta de ser la última y que todos me empujen. La pobre Leonela al río, la pobre Leonela al molino, la pobre Leonela al horno... ¡Y se

[12] Fiesta religiosa que conmemora la entrada de Jesús en Jerusalén antes de su Pasión. Se celebra en los países católicos el domingo anterior a la Semana Santa.

acabó la pobre Leonela! ¿Lo oís? Señora nací, a mi señorío me vuelvo... ¡y al que le pique, que se rasque!

SANDRA: Siempre con tus manías de grandeza.

LEONELA: ¿Manías, eh? ¡Verdades como puños! ¿Ves estas manos cortadas del agua? ¡De marfil las has de ver, como las de una abadesa, y con más sortijas que la reina de Nápoles!

ASUNTA: ¿Esperas un milagro?

LEONELA: ¿Y por qué no? ¿No fuiste tú criada en casa de mi madre y ahora pagas reclinatorio de terciopelo en la misa mayor? ¿No empezaste tú fregando platos y ahora tienes un olivar?

*Reclinatorio:* Mueble construido para arrodillarse en la iglesia y rezar.

SANDRA: Nadie me lo regaló, sino el trabajo de mi marido.

LEONELA: Tu marido, tu marido... ¡Qué manera de llenarse la boca con la palabra, como si fuera la única casada por la Iglesia! ¿Y qué tiene el tuyo que no tenga el mío? ¿Ha pescado alguna vez tu marido una liebre en el río?

SANDRA: ¿Una liebre en el río? ¡Sería cosa de ver!

LEONELA: Pues el mío, sí. Mírala en esa red.

LAS TRES: *(Riendo)* ¡Una liebre en el río..., una liebre en el río!

LISETA: Pero, Leonela, ¿a qué viene esta burla?

LEONELA: Nada de burlas. ¿Y el tuyo? ¿Ha cazado alguna vez tu marido una trucha en el bosque?

LISETA: Bien seguro que no.

LEONELA: Pues el mío, sí. Mírala en ese zurrón.

LAS TRES: *(Ríen)* Una trucha en el bosque..., una trucha en el bosque...

ASUNTA: Jesús mil veces. ¿Hablas en serio, vecina?

LEONELA: ¡Y si fuera eso solo! Pero lo más grande vino después. «Arrodíllate, miserere, que la mano de Dios está sobre tu cabeza»..., y de repente, allí mismo, el bendito milagro. ¿Se ha agachado alguna vez tu marido a besar la tierra y ha encontrado un tesoro delante de sus ojos?

SANDRA: ¡Un tesoro! ¿Y en mitad del campo?
LEONELA: *(Exaltada)* ¡Pues el mío, sí; el mío, sí!
LISETA: ¿Se te ha vuelto el juicio?
ASUNTA: ¡No le llevéis la contraria, que es peor!
LEONELA: Un cofre de hierro..., montones de oro..., pendientes, ajorcas, brazaletes... ¿Qué valen ahora tu olivar y tu reclinatorio? ¿No dicen que el que ríe mejor es el que ríe el último? ¡Pues miren cómo se ríe la última! *(Ríe desgañitada y nerviosa. Las vecinas retroceden espantadas)* ¿Qué? ¿Por qué miráis así? No me creéis, ¿verdad?

*Ajorca:* Especie de pulsera.

SANDRA: ¿Por qué no, mujer, si todo lo que has dicho es lo más natural del mundo?...
ASUNTA: Acuéstate, Leonela..., descansa...
LEONELA: ¿Necesitáis pruebas palpables? Pues un momento, que en seguida vuelvo. *(Derriba a puntapiés los cestos)* ¡Fuera la sarna sarnosa! ¡Fuera la tiña tiñosa! Se acabó la pobre Leonela. ¡Paso a la señora Leonela! ¡La última..., ja, ja..., la última!

*Sarna:* Enfermedad de la piel que produce gran picor.

*Tiña:* Enfermedad de la piel que produce escamas y caída del cabello.

*(Sale erguida con su risa estridente).*

SANDRA: ¡Ay, Señor, Señor, quién lo había de pensar! ¡Una mujer que parecía tan sana!
LISETA: Soberbia y pobreza son malas compañeras.
ASUNTA: Siempre dije yo que tenía que terminar así. ¡Castigo de Dios!

*(Se santiguan las tres y recogen apresuradamente sus cestos).*

SANDRA: No dejéis la ropa, que es capaz de quemarla. Hay que contar esta novedad en la plaza.
LISETA: Y en el mercado.
ASUNTA: Y en la fuente. ¡Vamos, vamos!

*(Entran BRUNO y JUANELO con aire de haber escuchado).*

JUANELO: ¿Por qué tanta prisa? ¿Pasa algo, comadres?

*Comadre:* Amiga íntima.

ASUNTA: Nada, Juanelo. Cuida a tu mujer... La pobre, con tanto trabajo...

SANDRA: Paños fríos, caldos de gallina y reposo, mucho reposo.

LISETA: Si algo necesitas, ya sabes dónde estamos. Adiós, vecino.

LAS TRES: ¡Pobre Juanelo! ¡Pobre Leonela! (*Salen haciéndose cruces*).

*Rapaces:* Muchachos.

BRUNO: Ahora sí que la has armado buena. Todo el pueblo la señalará con el dedo; los rapaces la perseguirán a pedradas. ¿Te das cuenta de lo que has hecho?

JUANELO: (*Triunfal*) Lo más grande, padre. Más que pescar una liebre en el río, más que cazar una trucha en el bosque. ¡He conseguido que mi mujer guarde un secreto! No hay secreto mejor guardado que el que nadie quiere creer. (*Desperezándose feliz*) ¡Y ahora, a dormir tranquilo!

ASÍ TERMINA LA FABLILLA

# FARSA Y JUSTICIA DEL CORREGIDOR

Tradición popular

## PERSONAJES

EL CORREGIDOR
EL SECRETARIO
EL POSADERO
EL CAZADOR
EL PEREGRINO
EL SASTRE
EL LEÑADOR
DOS ALGUACILES
UN MINISTRIL[1]

[1] *Corregidor*: magistrado que administraba justicia en nombre del rey; *alguacil*: antiguo policía; *ministril*: agente subalterno de la justicia.

*Sala capitular con estrado. Gran puerta de cuarterones al fondo, ante la cual montan la guardia dos alguaciles, y otra falsa de acceso al palacio. Preside cualquier majestad barroca de Castilla.*

*Capitular:* Sala de reuniones.

*Entran el* Corregidor *y el* Secretario *de audiencias. Hablan de los vinos y manjares con esa tierna malicia que otros, menos curtidos, reservan a las confidencias de amor.*

Secretario: Por Cristo vivo que no recuerdo haber disfrutado en mi vida semejante banquete. Bien pregona la fama que en cien leguas a la redonda no hay mesa como la del señor corregidor.

*Legua:* Distancia equivalente a algo más de 5.572 metros.

Corregidor: Cada edad tiene su pecado capital. A los veinte padecí la lujuria; a los treinta la ira; y a los cuarenta la soberbia. Ahora, en mis cincuenta corridos, y antes que me llegue la avaricia, que es maldición de viejos, bendita sea esta gula que me libra de tantos males y a la que debo tantos bienes.

*Gula:* Vicio de comer demasiado.

Secretario: Según eso, ¿afirmaría vuestra señoría que la gula puede ser una virtud?

Corregidor: Sin vacilar. En los años que lleva en mi secretaría, ¿qué le han parecido mis sentencias?

Secretario: Todo el mundo las celebra como la suma de la bondad, de la sabiduría y la justicia.

Corregidor: ¿Y a qué lo atribuye vuesa merced?

*Vuesa:* Vuestra.

Secretario: Ante todo, a vuestro noble corazón.

Corregidor: Error profundo.

Secretario: A vuestro prodigioso cerebro salmantino[2].

Corregidor: Tampoco, hermano. Todo el secreto está

[2] El prestigio de la universidad de Salamanca era tal en los siglos XVI y XVII que todo lo referente a la ciudad del Tormes se identificaba con el saber y la inteligencia.

*Salvilla:* Bandeja.

en el estómago. *(Mientras sirve licor que un Ministril trae en salvilla)* Un hombre bien comido es siempre un hombre bueno. Un hombre bien bebido es siempre un hombre sabio. El día que a Salomón se le ocurrió la idea de partir a un niño en dos,[3] estaba inspirado por una luminosa digestión. *(Le ofrece un vaso y levanta el suyo)* ¡Por el único pecado de carne que se puede llevar dignamente a mis años![4]

SECRETARIO: ¡Por el nuevo Salomón de todas las Españas!

*Restallar:* Hacer sonar.

*Jurisperita:* Conocedora de las leyes.

LOS DOS: Salud. *(Beben y restallan la lengua jurisperita).*

SECRETARIO: ¿Tostado?

CORREGIDOR: Demasiado viejo para eso.

SECRETARIO: ¿Solera?

CORREGIDOR: Demasiado joven.

SECRETARIO: Entonces, moscatel.

*Tu dixisti:* Expresión latina equivalente a «acertaste» (tú dijiste).

CORREGIDOR: *Tu dixisti.*

SECRETARIO: Bendita sea la cepa madre. *(Beben y restallan de nuevo)* Y ese plato que hemos comido, ¿no podríais decirme de qué dulce milagro estaba hecho?

CORREGIDOR: ¿No lo adivina aún?

*Volatería:* Aves.

SECRETARIO: Por momentos sabía a pernil de monte; por momentos, a muslo de volatería.

CORREGIDOR: Tal vez fueran ambas cosas juntas. Piense en una.

SECRETARIO: ¿Paloma torcaz?

CORREGIDOR: Demasiado duras; vuelan largo.

SECRETARIO: ¿Perdiz?

CORREGIDOR: Demasiado flojas; vuelan corto. Piense más alto.

SECRETARIO: ¿Pato salvaje?

---

[3] La inteligencia del rey Salomón se demostró en un famoso episodio de la Biblia: para saber entre dos mujeres quién era la madre verdadera de un recién nacido, el monarca amenazó con partir por la mitad al niño para dividirlo a partes iguales entre ambas. En cuanto una de ellas se negó de plano a esta solución supo que ella era la madre.

[4] Una vez más se insiste en el elogio de los placeres materiales, representados por la comida, como elemento significativo de la cultura popular.

CORREGIDOR: Menos popular.
SECRETARIO: ¿Garza?
CORREGIDOR: Más noble aún.
SECRETARIO: ¡Faisán!
CORREGIDOR: ¡Bravo, secretario! Ya está desvelada la mitad del misterio. ¿Vamos con la otra mitad?

*Se sientan juntos en plena intimidad confidencial.*

SECRETARIO: Esperad que recuerde. Olía a campo y a fruta.
CORREGIDOR: Buen principio.
SECRETARIO: El sabor era de muerte reciente y en sazón, como de cerdo por diciembre.
CORREGIDOR: Cerca le anda. Pero ¿y aquella inocente ternura de manteca?
SECRETARIO: ¿Lechón quizá?
CORREGIDOR: Caliente, caliente. Pero ¿y aquel sabor de carne perseguida?
SECRETARIO: ¿Venado?
CORREGIDOR: ¡Que se quema! Pero ¿y aquel gusto bravío de retama?
SECRETARIO: ¿Jabalí?
CORREGIDOR: ¡Lechón de jabalí con salsa de ciruelas!
SECRETARIO: ¡Alabado sea el Santísimo! ¿Y a qué espera el cabildo para levantar una estatua a vuestra cocinera?
CORREGIDOR: ¿Cocinera? ¡Vade retro, blasfemo! Si mi cocinera fuera capaz de tal prodigio, ya hace tiempo que sería mi esposa. No, hijo mío; las mujeres se quedan en los platos mostrencos: la olla podrida, la pepitoria o la menestra. Algunas, más audaces, llegan al estofado de liebre con olivas..., y hasta hay casos aislados de paella. Pero la cocina artística está reservada al genio del hombre.[5] Y entre todos los llamados solo hay un elegido...

*Lechón:* Cerdo que mama todavía.

*Venado:* Animal de la familia del ciervo cuya carne es muy apreciada.

*Retama:* Tipo de planta.

*Vade retro:* expresión latina equivalente a «¡para atrás!», «retrocede».

*Olla podrida:* Plato compuesto de carnes diversas (carnero, vaca, gallinas, longaniza, pies de cerdo...), ajo y cebolla, todo cocido muy despacio para que llegue casi a deshacerse.

*Pepitoria:* Guiso de pollo o gallina.

[5] El otro elemento repetido en estas farsas: la misoginia o menosprecio de la mujer, identificada por una vertiente de la tradición cristiana bíblica con el pecado de Eva, la compañera de Adán y madre del género humano, al dejarse engañar por la serpiente, provocando la expulsión del paraíso terrenal.

SECRETARIO: ¡Ciego de mi! No digáis más: ¡Juan Blas, el posadero!

CORREGIDOR: ¡Juan Blas el de las Manos de Oro!

SECRETARIO: Ahora lo comprendo todo.

CORREGIDOR: Todo no. Todavía queda un detalle sutil. *(Se acerca más. Baja la voz)* ¿No percibió en el guiso cierto aroma furtivo..., como una trampa en el juego..., como una cita con una recién casada?

SECRETARIO: Sí, por cierto; un tufillo inquietante.

CORREGIDOR: ¡Ay!... Era el perfume del pecado.

SECRETARIO: ¿Qué pecado?

CORREGIDOR: Míreme bien a los ojos. ¿Soy yo un hombre honrado?

SECRETARIO: El más honrado, el más justo, el más incorruptible de los jueces.

CORREGIDOR: Pues bien, hermano; eso que acabamos de comer juntos era el producto de un robo.

SECRETARIO: ¡Imposible! ¿Su señoría robando?

CORREGIDOR: Yo pecador.

SECRETARIO: ¿Y yo vuestro cómplice? ¿Yo vuestro encubridor por una hora de gula?

CORREGIDOR: Es mi talón de Aquiles.[6] Póngame delante una sonrisa de moza o una lágrima de viuda, y me verá impávido. Póngame a los pies todo el oro del mundo, y no me verá doblar la vara de la justicia.[7] Pero no me ponga un lechón de jabalí con salsa de ciruelas porque soy hombre al agua. *(Levanta su vaso)* ¡Por Juan Blas el posadero, que Dios me conserve por los siglos de los siglos!

*Impávido:* Impasible.

SECRETARIO: Amén.

*(Chocan y beben. Se oyen fuera dos tiros, gritos lejanos y la voz de* JUAN BLAS *que llega corriendo).*

[6] Aquiles fue el héroe griego protagonista de la *Ilíada*, el gran poema épico de Homero. Invencible guerrero, el cuerpo de Aquiles estaba protegido contra cualquier herida, salvo el talón por donde le sobrevino la herida que le causó la muerte. Por ello en la cultura occidental «talón de Aquiles» equivale a «punto débil» de una persona.

[7] «Doblar la vara de la justicia» quiere decir de forma metafórica juzgar de forma errónea a sabiendas.

VOZ: ¡Socorro! ¡Favor!
ALGUACILES: *(Deteniéndole)* ¡Alto!
POSADERO: ¡Que me matan! ¡Piedad para un inocente!
SECRETARIO: ¡Dios de Dios! ¿No es Juan Blas el posadero en persona?
CORREGIDOR: ¡Dejadle paso!

*(Los ALGUACILES se apartan. JUAN BLAS cae de rodillas, temblando, a los pies del CORREGIDOR).*

POSADERO: ¡Por su alma, señor corregidor, sálveme! ¡Cuatro hombres me viene persiguiendo, dispuestos a arrancarme el pellejo!
CORREGIDOR: ¿En mi presencia?
POSADERO: Con la furia que traen son capaces de todo. *(Se oye el griterío llegando a la puerta)* ¡Ahí están! ¡Muerto soy si la vara de la justicia no me ampara!
CORREGIDOR: Pronto, secretario, detenga a esos hombres. Y que no entre nadie hasta que yo lo ordene. *(Salen el SECRETARIO y ALGUACILES cerrando la puerta. Fuera va calmándose el tumulto)* Tranquilízate, hijo mío. ¿Por qué te persiguen?
POSADERO: Por cuatro cosas en que no tengo culpa: un robo, un mal parto, cuatro costillas rotas y un rabo de burro.
CORREGIDOR: Nunca escuché juntos tan extraños delitos. Explícate.
POSADERO: Lo del robo, mejor lo sabe su señoría que yo. Es aquel lechón de jabalí que me hizo traerle esta mañana. Imagínese cómo se puso el cazador cuando volvió a buscarlo y se encontró con las manos vacías.
CORREGIDOR: Era de esperar. Pero ¿no lo dijiste que el lechón se había escapado del horno, como te mandé?
POSADERO: ¡Nunca tal hubiera dicho! ¡Echó mano a la escopeta jurando como un demonio, y si no pongo pies en polvorosa a estas horas está su señoría hablando con un cadáver!

*Poner pies en polvorosa:* Echar a correr.

CORREGIDOR: Comprendo lo del cazador. Pero ¿y los otros?

POSADERO: Todo lo enredó mi mala estrella. Huyendo del cazador, le rompí cuatro costillas a un peregrino; huyendo del peregrino, atropellé a la mujer del sastre, que estaba embarazada; y huyendo del sastre, ocurrió la desgracia más sangrienta. La del burro.[8]

CORREGIDOR: ¿Qué desgracia y qué burro son esos?

POSADERO: El burro del leñador. Era mi única salvación para escapar, pero el maldito animal se echó al suelo; yo quise levantarlo a la fuerza tirándole del rabo, y él que no, yo que sí, tanto tiramos los dos, que me quedé de cuajo con el rabo entre las manos. Y ahí están los cuatro como cuatro furias pidiendo a gritos mi cabeza. ¡Defiéndame, señor!

*De cuajo:* Desde la raíz.

CORREGIDOR: Calma, Juan Blas, calma. Difícil es tu caso, pero soy hombre agradecido y ¡mal potaje de nabos me dé Dios si no te salvo! Que más le valiera a la República perder sus monumentos y su historia que perder un cocinero como tú.

*República:* Estado.

POSADERO: *(Besándole las manos)* ¡Gracias, señor, gracias!

*(El CORREGIDOR sube al estrado y agita la campanilla. Se abre la puerta).*

CORREGIDOR: Que pasen los querellantes.

*(Entran en tropel, detrás del SECRETARIO, el CAZADOR con su pluma y escopeta, el PEREGRINO con su bordón y conchas santiaguesas[9], el SASTRE con sus enormes tijeras y el LEÑADOR con su rabo de asno. Los ALGUACILES quedan nuevamente en la guardia).*

[8] Nueva muestra de las reiteraciones verbales que venimos reseñando en cada una de estas obras y que aquí dan lugar a una concatenación.

[9] El *bordón* y la *concha* son atributos típicos del peregrino; el primero le sirve como bastón para caminar; la concha marina o vieira es utilizada para coger agua y refrescarse la cabeza.

CAZADOR: Ahí está el ladrón. ¡A la picota!

SASTRE: El asesino de niños. ¡A la horca!

PEREGRINO: ¡Mis costillas..., ay, mis pobres costillas!

LEÑADOR: Mi pollino querido..., mi compañero de fatigas. ¡Mire, señor, este triste despojo!

TODOS: ¡Justicia, señor corregidor!

CORREGIDOR: *(Imponiéndose a campanillazos)* ¡Silencio todos! Siéntese el acusado. Siéntese los querellantes. Y oigamos en derecho a las dos partes. *(Alza el brazo, solemne)* En el nombre del Padre, etcétera, etcétera. ¿Juran todos decir, etcétera, etcétera?

TODOS: ¡Juramos!

CORREGIDOR: Queda abierta la audiencia. Escriba, secretario. *(Se sienta. Los cuatro acusadores vuelven a alborotarse).*

CAZADOR: ¡Cien latigazos a ese ladrón!

PEREGRINO: ¡Mis costillas..., mis costillas!

SASTRE: ¡Venganza para un padre malogrado!

LEÑADOR: ¡Justicia contra ese arrancador de rabos inocentes! *(Llora besando y acariciando su despojo. Campanillazos).*

CORREGIDOR: ¡Silencio, repito, o hago desalojar la sala! Que hable el primero.

CAZADOR: *(Se levanta)* Yo señor, soy cazador de oficio. Esta mañana salí temprano al monte y tuve la fortuna de cazar un faisán y un lechón de jabalí, que, conjuntamente con una libra de ciruelas, llevé al horno de este enemigo público. Tres horas después vuelvo con la boca en agua a reclamar mi guiso, ¿y sabe su señoría con qué cuento me sale el muy bribón? ¡Que se atreva a repetirlo delante de la Justicia!

CORREGIDOR: Conteste el reo. ¿Dónde están las ciruelas de este hombre?

POSADERO: Se las comió el faisán.

CORREGIDOR: ¿Y el faisán?

POSADERO: Se lo comió el jabalí.

CORREGIDOR: ¿Y el jabalí?

*Picota:* Columna donde se exponía la cabeza de los ajusticiados; se situaba a la entrada de un lugar.

*Pollino:* Asno.

POSADERO: No hice más que abrir el horno y echó a correr hacia el monte como una centella.

CAZADOR: ¿Cuándo se ha visto mayor desvergüenza? Encima del robo, el embuste y el escarnio. ¿No es para mandarlo al garrote de cabeza?

*Escarnio:* Burla.

*Garrote:* Palo fijo con un aro de hierro para estrangular a los condenados a muerte.

*De facto:* De hecho (latinismo).

CORREGIDOR: Calma, cazador, que la ira es mala consejera. Juzguemos serenamente. Por lo pronto, las tres afirmaciones que ha hecho el acusado podrán ser sospechosas *de facto,* pero *in principio* son indiscutibles. ¿Puede nadie negar que un faisán coma ciruelas?

CAZADOR: Eso no.

CORREGIDOR: ¿Puede nadie negar que un jabalí coma faisanes?

CAZADOR: Tampoco.

CORREGIDOR: ¿Y puede nadie negar que un animal de monte tire al monte?

CAZADOR: Pero, señor corregidor, es imposible. El jabalí estaba muerto y bien muerto.

CORREGIDOR: Nada hay imposible ante la voluntad de Dios. Muerta estaba la hija de Jairo cuando le fue dicho: «¡Dormida estás, despierta!».

SECRETARIO: San Mateo, capítulo nueve, versículo veinticinco.

CORREGIDOR: Muerto y bien muerto estaba Lázaro cuando le fue dicho: «Levántate y anda».

SECRETARIO: San Juan, capítulo once, versículo cuarenta y tres.[10]

CORREGIDOR: ¿Vas a poner en duda los santos Evangelios?

CAZADOR: ¿Qué importan ahora san Juan y san Mateo?

CORREGIDOR: ¿Cómo que no importan? ¡Anote, secretario!

SECRETARIO: Anoto. *(Escribe vertiginosamente).*

---

[10] Se trata de dos de los milagros más famosos de Jesús, porque en ambas ocasiones devolvió la vida a personas muertas: la hija del Jairo era una niña a la que tomó del brazo y despertó como si estuviera dormida; en el caso de su amigo Lázaro, este llevaba muerto más de tres días y ya olía.

CAZADOR: De lo que se trata aquí es de Juan Blas el posadero. Y yo afirmo que un posadero no puede hacer milagros.

CORREGIDOR: ¡Imprudencia temeraria! ¿No tienen acaso todos los posaderos del mundo el don de transformar el agua en vino como en las bodas de Caná?[11] ¡Anote!

POSADERO: Anoto.

CAZADOR: Yo no hablo de agua ni de vino, sino de mi jabato al horno. ¡Y lo que yo digo es que la carne al horno muerta está y muerta se queda para siempre!

*Jabato:* Cría del jabalí.

CORREGIDOR: ¿Qué dices, insensato? ¿Serás también capaz de negar la resurrección de la carne?[12] ¡Anote!

SECRETARIO: Anoto.

CAZADOR: Pero, señor corregidor...

CORREGIDOR: ¡Silencio! ¿Anotó?

SECRETARIO: Anoté.

CORREGIDOR: Lea el folio.

SECRETARIO: Primo: el deponente confiesa ser cazador de oficio, con desprecio evidente del quinto mandamiento: no matarás. Secundo: declara impúdicamente no importársele un rábano de los Santos Testimonios y las bodas de Caná. Tercio: manifiesta abiertas dudas y recelos sobre el dogma de la resurrección de la carne. Cuarto...

*Deponente:* El que esta declarando en un juicio.

*Impúdicamente:* Sin pudor; de forma inmoral.

CORREGIDOR: Suficiente. Lo siento por ti, hijo mío. Podría perdonarte que hayas tratado de difamar a un honrado ciudadano, sin pruebas ni testigos; y hasta que hayas penetrado con armas en el templo de la Justicia. Pero esta herejía in fraganti no habrá más remedio que someterla a la Santa Inquisición.[13]

*Difamar:* Decir algo falso de alguien.

*In fraganti:* Mientras se está haciendo algo; en toda regla.

[11] Las *bodas de Caná* fue el primer milagro llevado a cabo por Jesucristo, cuando en una fiesta matrimonial en la que se acabó el fruto de la vid, convirtió el agua en vino para que los invitados pudieran seguir satisfechos.

[12] Según este dogma, todos los seres humanos resucitaremos después de muertos para someternos al juicio final de Dios, tras del cual seremos enviados al cielo o al infierno en razón de nuestras obras.

[13] La Santa Inquisición era el tribunal eclesiástico encargado de juzgar y condenar los delitos contra la fe católica. En España no desapareció definitivamente hasta 1834.

*Abjuro:* Renuncio.

CAZADOR: ¿La Inquisición? *(Cae de rodillas)* ¡Misericordia, señor! Yo abjuro, reniego y me retracto de todo lo dicho. *¡Mea culpa, mea culpa, mea maxima culpa!*[14]

CORREGIDOR: ¿Tiene algo que oponer el acusado?

POSADERO: Por mi parte, puede ir en paz. Yo le perdono.

CAZADOR: Gracias, hermano Blas. Gracias, señor.

CORREGIDOR: *(Agita la campanilla y se levanta para sentenciar. Todos en pie)* Vista la conciliación de las partes: devuélvase al posadero la honra y fama que se le había quitado. El primer faisán y el primer jabalí que cobre el cazador tráigalos a este tribunal como descargo. Y, previo el pago de veinte reales para ayuda de costas, ásese, condiméntese y sírvase. ¡Digo! ¡Sobreséase, lácrese y archívese! *(Nuevo campanillazo. Se sientan todos)* Que hable el segundo.

*Ayuda de costas:* Gastos del proceso judicial.

*Sobreséase:* Olvídese, pásese por alto.

*Lacrar:* Cerrar un documento con una pasta derretida al fuego para que se fije el sello.

*El* CAZADOR *vuelve a su sitio y se levanta el* PEREGRINO.

PEREGRINO: Yo, señor, soy un pobre peregrino de vuelta de Compostela. Estaba en la iglesia rezando santamente mi rosario, cuando siento allá arriba en el coro un estrépito de carreras y alaridos como de gatos en enero. No hago más que levantar los ojos, creyendo que se hundía el firmamento, y de repente este posadero del infierno que se me desploma encima, rompiéndome cuatro costillas. ¿Qué va a ser ahora de mí, viejo y tullido? ¡Justicia en nombre del Cielo!

CORREGIDOR: *(Encarando, furioso, al* POSADERO*)* ¡Ah Bestia del Apocalipsis![15] ¿A un anciano bendito del Apóstol, en plena oración y en plena iglesia? ¿Cómo puedes disculpar tal sacrilegio?

*Sacrilegio:* Profanación de lugar o persona religiosa.

POSADERO: Yo iba ciego de terror y entré en sagrado buscando refugio. El cazador me persiguió con la

[14] Frase en latín perteneciente al acto de contrición y arrepentimiento o «Yo Pecador», que supone un reconocimiento de la culpa y puede traducirse «culpa mía, culpa mía».

[15] El libro del *Apocalipsis,* incluido en la Biblia, fue escrito por el evangelista san Juan para profetizar el fin del mundo, el triunfo de la Iglesia y la victoria de Cristo sobre la Bestia, que simboliza el mal.

escopeta escaleras arriba. No me quedaba otra salida que saltar la baranda. Entonces cerré los ojos y... ¡zas! ¿Quién podía imaginarse que este santo varón estuviera debajo?

*Baranda:* Barandilla.

CORREGIDOR: ¡Basta! Has incurrido en pecado de profanación y la Ley ha de ser inexorable. ¡Ojo por ojo, costilla por costilla! Vete ahora mismo a la iglesia y arrodíllate a rezar el rosario. Tú, peregrino, súbete al coro, cierra los ojos y tírate sin miedo encima de él.

*Inexorable:* De obligado cumplimiento.

PEREGRINO: Pero, señor corregidor, ¡son siete varas de altura!

CORREGIDOR: Mejor: cuanto más alto el coro, mayor será el castigo.

PEREGRINO: ¿Y si no atino y caigo en las baldosas? ¿Y si en lugar de sus costillas se rompen otras cuatro de las mías?

CORREGIDOR: ¡Cómo, hombre de poca fe! ¿Vas a dudar el juicio de Dios?

PEREGRINO: ¡No! No es la fe lo que me falta. Pero, pensándolo bien, con las costillas que me quedan todavía puedo arreglarme. ¡Y es tan cristiano sufrir y perdonar! Si el señor lo permite, prefiero retirar la demanda.

CORREGIDOR: ¿Tiene algo que oponer el acusado?

POSADERO: Nada, señor.

CORREGIDOR: En ese caso... *(Campanillazo, y todos en pie)* Visto el mutuo consenso y la cristiana renunciación del demandante: Por esta sola vez, y sin que sirva de precedente, autorícese al peregrino a seguir viaje, libre de toda costa, caución y emolumento. Sobreséase, lácrese y archívese. *(Se sientan)* Que hable el tercero.

*Caución:* Garantía, seguridad.

*Emolumento:* Sueldo, gratificación económica.

*Vuelve a su sitio el PEREGRINO y se levanta el SASTRE.*

SASTRE: Yo, señor, soy sastre de tijera, como puede verse. Hace siete años que me casé soñando con un hijo a quien dejar mi oficio y mis ahorros, pero el fruto esperado no llegaba. Nos pasábamos las noches enteras rezando juntos, y nada. Las comadres acudían con hierbas, ensalmos y jaculatorias, y nada. La llevé a las benditas aguas de San Serenín del Monte,[16] y tampoco. Ya empezaba a desesperar, cuando por fin el milagro se hizo. ¡Imagínese mi gozo! Día por día le medía la cintura, bendiciendo cada nueva pulgada y considerándome el más feliz de los sastres padres...

*Ensalmos:* Rezos y prácticas de curanderos.

*Jaculatoria:* Oración muy breve.

CORREGIDOR: Conmovedora historia, pero al grano, al grano.

SASTRE: Pues el grano fue que este mediodía íbamos juntos a la iglesia a dar gracias al Cielo, cuando, de repente, la puerta que se abre de golpe, este energúmeno que sale como una tromba estrellándose contra mi mujer, y entre el encontronazo y el espanto, ¡mi trabajo de siete años perdido en un minuto! ¡Justicia contra el asesino!

POSADERO: ¡Soy inocente! Si yo hubiera sabido que tu mujer estaba en vísperas, antes me hubiera dejado arrancar los ojos que rozarla siquiera. ¡Perdón, hermano sastre!

*En vísperas:* Días antes de algo.

SASTRE: Nada se arregla con perdones. Esta mañana yo era un hombre feliz y ahora soy un desdichado. Esta mañana mi mujer estaba llena y redonda como una manzana, y ahora está floja y escurrida como un odre.[17] ¡Justicia, señor corregidor!

*Odre:* Recipiente de cuero para envasar el vino.

CORREGIDOR: ¡Ah, miserable posadero! ¡De esta sí que no te salvas! Llévate a tu casa a la mujer de este buen hombre, y no descanses hasta devolvérsela llena y redonda como estaba. ¡Pronto!

POSADERO: *(Levantándose resuelto)* ¡Vamos!

SASTRE: ¡Alto ahí! ¡Protesto la sentencia!

---

[16] San Serenín del Monte era uno de los muchos lugares de peregrinación a los que iban los devotos para pedir al santo patrón algún beneficio.

[17] Ejemplos de comparación: se ponen en relación dos términos entre sí por sus semejanzas externas.

CORREGIDOR: Protesta rechazada. Si este infame te ha arruinado una cosecha, ¿no es justo que te devuelva otra cosecha?
SASTRE: Me niego. ¡Es una injusticia manifiesta!
CORREGIDOR: ¿Insulto a la autoridad? ¡Veinte reales de multa por desacato al tribunal.

*Desacato:* Falta de respeto.

*El SECRETARIO escribe vertiginosamente consumiendo folios.*

SASTRE: No me importa el precio. ¡Todos mis ahorros con tal de ver a ese desalmado en la picota!
CORREGIDOR: ¿Intento de soborno? ¡Cuarenta reales!
SASTRE: *(Desesperado, buscando amparo en la conciencia popular)* ¿Oyen esto, vecinos? ¿Puede consentirse este atropello?
CORREGIDOR: ¿Incitación a la rebelión? ¡Ochenta reales!
SASTRE: ¡Apelaré a su majestad! ¡Si es necesario, llegaré hasta Roma!
CORREGIDOR: ¿Colaboración con una potencia extranjera? ¡Ciento sesenta reales! ¿Tienes algo más que alegar?

*Desalmado:* Inhumano, cruel.

*Soborno:* Acción de dar dinero a alguien para que realice algo contrario a la ley.

SASTRE: *(Calmándose de repente)* Nada, señor, muchas gracias. Solo quisiera hacer constar humildemente —sin alevosía ni ensañamiento— que, en cuanto al posadero, renuncio a toda restitución en especie. Mis cosechas prefiero sembrármelas yo mismo.
CORREGIDOR: Puesto así, puede considerarse. ¿De acuerdo el acusado?
POSADERO: De acuerdo.
CORREGIDOR: Conciliadas las partes. *(Campanillazo y en pie)* Veinte, cuarenta, ochenta y ciento sesenta, trescientos reales redondos. Páguese, cóbrese y embólsese. *(Se sientan)* Que hable el cuarto. *(El LEÑADOR se levanta confuso, escondiendo su rabo. Vacila. De pronto, echa a correr hacia la puerta. Los ALGUACILES cierran el paso)* ¡Alto! ¿Adónde va ese loco?
LEÑADOR: Es tarde y tengo que llevar mi leña al mercado.

*Alevosía:* Precaución a la hora de cometer un delito para no ser descubierto.

*Ensañamiento:* Insistencia en el daño que se comete.

*Restitución:* Devolución.

CORREGIDOR: Aguarda, hijo. Primero tienes derecho a que se te escuche y se te haga justicia. ¿No traías una acusación contra ese maldito posadero?

LEÑADOR: ¿Una acusación yo? ¡Jamás! Yo juro y perjuro por toda la corte celestial que mi burro nació sin rabo, que toda su vida ha vivido sin rabo, y que sin rabo ha de morir en paz y en gracia de Dios. ¡Con licencia, señor corregidor! *(Sale corriendo).*

*Perjuro:* Juro reiteradas veces.

FIN DEL
*RETABLO JOVIAL*

# Orientaciones para el estudio de la obra

# PROPUESTA DE ACTIVIDADES

Esta propuesta de actividades va acompañada de orientaciones que facilitan su realización y se organiza en tres apartados bien diferenciados:

I. CONTROL DE LECTURA: Referido al desarrollo argumental de cada una de las piezas dramáticas que integran el *Retablo jovial.* Se trata de las actividades más sencillas, pues solo pretenden comprobar la lectura de la obra.

II. ESTUDIO DE LA OBRA: Consiste en la interpretación y análisis de cada una de las obritas teatrales en sus diferentes aspectos temáticos y formales; también se buscan los elementos comunes a todas ellas. Supone un acercamiento más profundo al texto de Casona.

III. ACTIVIDADES DE RECREACIÓN: Una vez leído y analizado el *Retablo,* tanto en su conjunto como cada una de sus piezas por separado, se trata ahora de recrear ciertos aspectos relacionándolo con otras obras literarias o manifestaciones artísticas —películas, cuadros, relatos— e incluso reescribiendo algunos episodios que tengan mayor interés, tanto en su relación con el pasado como a causa de su vigencia actual.

Por falta de tiempo, será normal que no se puedan completar todas las actividades propuestas. Naturalmente cada profesor en el aula conoce bien a sus alumnos y al grupo en su conjunto. En este caso nadie mejor que él para seleccionar las actividades que convenga hacer en cada caso y por cada persona.

# I. CONTROL DE LECTURA

❑ Lee con detenimiento la «Nota preliminar» escrita por el autor; acto seguido resume su intención al componer estas piezas.

❑ Allí mismo Casona divide el conjunto en dos grupos. Señala el criterio que ha seguido para establecer esta distinción.

**Sancho Panza en la ínsula**

❑ Resume el argumento de la pieza en no más de quince líneas.

❑ Imagínate que esta farsa no tiene título. Escribe un nuevo título para ella atendiendo al tema principal desarrollado por el autor.

*Elementos cómicos* ❑ Recuerda el título general del libro: *Retablo jovial*. Explica cuáles son los elementos joviales o cómicos que aparecen en esta farsa.

*Moraleja* ❑ ¿Crees que puede sacarse una moraleja de la obra? En caso afirmativo sintetízala en una frase.

❑ Define el comportamiento de Sancho Panza en la ínsula. ¿Crees que es un buen gobernador? Justifica la respuesta.

*Refranes* ❑ Elige los tres refranes que más te hayan gustado del habla de Sancho y comenta su sentido.

❑ Explica las razones por las que el escudero de don Quijote abandona el gobierno de la ínsula.

**Entremés del mancebo que casó con mujer brava**

❑ Resume el argumento de la pieza en no más de quince líneas.

*Ilustración de una escena del episodio de la ínsula Barataria* (Quijote *II*, 45,47,49), *referente literario para la pieza de* Sancho Panza en la ínsula.

❑ Imagínate que esta farsa no tiene título. Escribe un nuevo título para ella atendiendo al tema principal desarrollado por el autor.

*Elementos cómicos*

❑ Recuerda el título general del libro: *Retablo jovial.* Explica cuáles son los elementos joviales o cómicos que aparecen en esta farsa.

*Moraleja*

❑ ¿Crees que puede sacarse una moraleja de la obra? En caso afirmativo sintetízala en una frase.

❑ ¿Qué actitud manifiestan madre e hija ante el mancebo la primera vez que lo ven? Subraya las expresiones con las que describen su aspecto.

❑ ¿Por qué el padre viejo no logra el mismo objetivo que el mancebo recién casado? Explícalo por extenso.

❑ Busca en la lengua española otras palabras que definan la forma de ser de la muchacha antes de casarse.

## Farsa del cornudo apaleado

❑ Resume el argumento de la pieza en no más de quince líneas.

❑ Imagínate que esta farsa no tiene título. Escribe un nuevo título para ella atendiendo al tema principal desarrollado por el autor.

*Elementos cómicos*

❑ Recuerda el título general del libro: *Retablo jovial.* Explica cuáles son los elementos joviales o cómicos que aparecen en esta farsa.

*Moraleja*

❑ ¿Crees que puede sacarse una moraleja de la obra? En caso afirmativo sintetízala en una frase.

❑ Resume las ideas expuestas por Boccaccio en el largo prólogo de la *Farsa del cornudo apaleado.*

*Actitud hacia las mujeres*

❑ Compara la diferente actitud hacia las mujeres que podemos ver en Sancho Panza y en Boccaccio; ¿con cuál de ellas te sientes más identificado? Justifica la respuesta.

❑ Esta obra acaba con una frase de Beatriz llena de picardía y doble sentido; coméntala en relación con lo ocurrido en escena.

## Fablilla del secreto bien guardado

❑ Resume el argumento de la pieza en no más de quince líneas.

❑ Imagínate que esta farsa no tiene título. Escribe un nuevo título para ella atendiendo al tema principal desarrollado por el autor.

*Elementos cómicos*

❑ Recuerda el título general del libro: *Retablo jovial.* Explica cuáles son los elementos joviales o cómicos que aparecen en esta farsa.

*Moraleja*

❑ ¿Crees que puede sacarse una moraleja de la obra? En caso afirmativo sintetízala en una frase.

❑ Define el principal defecto de la protagonista de la *Fablilla del secreto bien guardado.*

❑ Señala dentro de esta misma obra el momento en que Juanelo encuentra la solución para que su mujer no publique el secreto.

*Caballero conversando con una dama. Grabado de Pellicer para* El Patrañuelo *de Juan de Timoneda (siglo XVI). Esta obra sirvió de fuente de inspiración para* Farsa y justicia del Corregidor.

**Farsa y justicia del Corregidor**

❑ Resume el argumento de la pieza en no más de quince líneas.

❑ Imagínate que esta farsa no tiene título. Escribe un nuevo título para ella atendiendo al tema principal desarrollado por el autor.

*Elementos cómicos*

❑ Recuerda el título general del libro: *Retablo jovial.* Explica cuáles son los elementos joviales o cómicos que aparecen en esta farsa.

*Moraleja*

❑ ¿Crees que puede sacarse una moraleja de la obra? En caso afirmativo sintetízala en una frase.

*Visión de la justicia*

❑ ¿Qué visión de la justicia y los tribunales se desprende de *Farsa y justicia del Corregidor*?

❑ ¿Por qué razón el leñador renuncia a su reclamación? ¿Qué temor tiene? Justifica la respuesta.

❑ ¿Consideras negativa la conducta del Corregidor?¿Qué expresiones en español describen su comportamiento?

# II. ESTUDIO DE LA OBRA

## El marco histórico

Al ser el *Retablo jovial* una obra de carácter popular no hay en ninguna de sus piezas intento de reproducir con exactitud un marco histórico concreto, antes bien se pretende que sus sencillas historias puedan ser entendidas y asumidas por un público universal. El propio Casona en la «Nota preliminar» insiste en dos ocasiones en ello: «[...] el teatro estudiantil de las Misiones era una farándula ambulante, sobria de decorados y ropajes, saludable de aire libre, primitiva y jovial de repertorio. Formado por estudiantes y consagrado a auditorios sin letras, no podía ser de otra manera. [...] Lejos de ellos todo intento de reconstrucción histórica y perfectamente lavados de pedantería libresca, si se amparaban en tan ilustres firmas era precisamente por lo que en sus temas tienen de milagrosa sencillez y frescura perdurable».

*Fíjate en la escenografía y los diálogos*

Pero, aunque no aparezcan referencias históricas concretas, estas piezas en su desarrollo ofrecen algunos detalles en escenografía y diálogos que las sitúan en una época muy anterior a la actual; así en la *Fablilla del secreto bien guardado* Leonela afirma: «De cristianos viejos vengo», expresión claramente identificable con la España de los siglos XVI y XVII, cuando se valoraba de forma extraordinaria no haber tenido antepasados moros o judíos.

❑ Lee con detalle las acotaciones iniciales de cada farsa; a continuación apunta aproximadamente en qué lugar y tiempo se desarrolla cada una a partir de estas indicaciones.

❑ Señala en cada obra las expresiones, costumbres, muebles, vestuario o cualquier otro dato que indique su localización en el pasado lejano.

## Temas e ideología

Como se recoge en las palabras de Casona antes citadas, las piezas aquí reunidas tienen en común «la ingenuidad primitiva de sus temas». Cada una desarrolla alguno propio de forma especial, pero destacan unos pocos pertenecientes a la *cultura popular y carnavalesca* de todos los tiempos y lugares: burla del tonto, afición a los placeres materiales, en especial comer y beber; sátira de la justicia; crítica a la mujer. En definitiva, un conjunto de temas que figuran en la literatura europea desde la Edad Media con ejemplos tan significativos en nuestras letras como el *Libro de Buen Amor*, del Arcipreste de Hita; los poemas de Rodrigo de Reinosa; los *Pasos* de Lope de Rueda; toda la novela picaresca, con el *Lazarillo de Tormes* a la cabeza, o los *Entremeses* de Cervantes.

*Cultura popular y carnavalesca*

❑ Resume las escenas en las que se produce engaño o burla hacia algún personaje en cada una de estas obras. ¿Quiénes son los personajes burlados?

*Burlas y engaños*

❑ La afición a comer y beber es un elemento escénico de importancia fundamental en dos piezas ¿Cuáles? ¿Compartes las ideas de Sancho Panza y del Corregidor? Justifica la respuesta.

*Afición por la comida y la bebida*

❑ Analiza y comenta la actitud hacia la mujer que predomina en las farsas. ¿En cuál de ellas se muestra una visión distinta? Contesta por extenso.

*Actitud hacia la mujer*

❑ La primera y la última pieza tienen en común la escenificación de un juicio. Analiza la forma de impartir justicia de Sancho Panza y del Corregidor. ¿Cuál de ellas te parece más adecuada?

*Visión de la justicia*

## Los personajes

El teatro popular recrea casi siempre unos cuantos personajes típicos, definidos por una serie de rasgos externos —su oficio, lugar de nacimiento, edad o estado civil— que determinan su comportamiento al tiempo que los sitúan muy cerca de la experiencia de los espectadores. Recuerda los tipos del pícaro, el soldado fanfarrón, la casada infiel, el viejo celoso, el pueblerino rústico al que engañan en la ciudad o el estudiante travieso: se trata pues de «personajes planos» porque su carácter viene ya marcado por la tradición y apenas evoluciona a lo largo de la obra. Por lo demás estamos ante piezas breves, con reducido número de actuantes para que la representación resulte sencilla y fácil de organizar. Buena parte de estos rasgos se perciben en el *Retablo jovial*, como tendrás ahora ocasión de comprobar.

*Personajes planos*

❑ Repasa la nómina de personajes de cada pieza para verificar su reducido número. Anota aquellos que se identifican por su oficio.

❑ Casona confiesa que se inspiró para dos obras en narraciones de origen italiano ¿se manifiesta eso en la actuación de los personajes? Justifica la respuesta.

❑ Frente a los personajes planos, se habla de «personajes redondos» o complejos, que sufren algún cambio en su manera de ser a lo largo de la obra. ¿Encuentras alguno en el *Retablo jovial*? Contesta por extenso.

❑ De todos los personajes que aquí salen escoge el que más te gustaría representar y el que peor te caiga. A continuación explica con detalle las razones de tu elección.

*El soldado fanfarrón y la casada infiel son algunos de los personajes tipo del teatro popular.* Soldado sorprendiendo a una dama. *Grabado.*

## La estructura

*El teatro menor*

Las piezas que has leído pertenecen a una modalidad dramática denominada *teatro menor,* rótulo bajo el que se engloban textos cuya duración no llega a la media hora. A lo largo de la historia encontramos aquí diversos subgéneros —casi todos de intención cómica y satírica— que has tenido ocasión de conocer en cursos anteriores: el paso, el entremés, el auto sacramental, el sainete, la farsa. Casona desde el título genérico ordena la estructura general del libro combinando acertadamente unidad y diversidad: elige la palabra «Retablo», que dentro de la arquitectura se refiere a un conjunto decorativo único, integrado por distintos cuadros o estatuas separadas por un marco bien visible (recuerda la decoración tras el altar mayor de cualquiera de la grandes catedrales españolas); añade luego el término «Jovial», que, como vimos, anuncia el carácter alegre y desenfadado del conjunto.

*Brevedad de las piezas*

La brevedad del teatro menor ocasiona que estas piezas se desarrollen en un acto, apenas exista división en cuadros o escenas y se mantenga la llamada regla de las tres unidades: acción única, representada en un mismo lugar y en un tiempo reducido. Es frecuente asimismo la repetición de acciones y de expresiones para facilitar la comprensión de la fábula por parte de un público amplio: es el caso de la sucesiva ejecución de animales que lleva a cabo el mancebo para conseguir que le obedezca su mujer. Por último, pese a su corta extensión, Casona logra crear en estas piezas momentos muy sugestivos desde el punto de vista escenográfico: recuerda el momento en que cocineros y reposteros desfilan ante Sancho con fuentes llenas de comida; se trata de situaciones en las que se hace imprescindible la representación teatral para percibir todas las posibilidades comunicativas de la obra.

*Repetición de acciones y expresiones*

❑ Resume el conflicto o acción de cada una de estas obras.

❑ En dos de ellas encontramos la división en escenas ¿A qué razón obedece? Contesta con detalle.

❑ ¿Hay alguna farsa en la que se produzca cambio de escenario? Señala cuál de ellas y qué sentido tiene el cambio.

❑ Busca en alguna de las piezas reiteraciones argumentales o expresivas como la que hemos mencionado más arriba.

*Sorprender al espectador*

❑ La sensación de frescura que se desprende de estas obras radica —entre otras razones— en que el espectador se ve sorprendido por lo que va sucediendo al mismo tiempo que los personajes. Analiza cómo se produce esto en cada caso concreto.

❑ Selecciona de entre todas estas piezas un par de situaciones que te parezcan especialmente conseguidas; a continuación explica cómo las pondrías en escena si fueras el director de una compañía dramática.

**Lenguaje y estilo**

*Lenguaje vivo y coloquial*

Otro elemento clave en la literatura popular es el uso de un lenguaje vivo, sencillo, cuajado de expresiones coloquiales y apto para ser comprendido por toda clase de espectadores; ello se corresponde además con el origen social de los protagonistas, respetándose así el *decoro:* que cada personaje hable y se comporte conforme a su lugar en la sociedad. El hecho de que estas obras estén ambientadas hacia finales de la Edad Media o en el Siglo de Oro obliga a Casona a ejercer una de sus habilidades más reconocidas: la equilibrada introducción de arcaísmos y expresiones de época. Por último, la viveza del lenguaje se consigue también mediante la abundante presencia de comparaciones e imágenes basadas en el mundo de la naturaleza o la experiencia popular.

❑ Señala unas cuantas expresiones arcaicas en cada una de estas piezas.

❑ En una de las farsas se utiliza un lenguaje muy diferente. Descubre cuál es y explica con detalle las razones que en tu opinión justifican el alejamiento del habla popular.

# III. ACTIVIDADES DE RECREACIÓN

**Sancho Panza en la ínsula**

❑ Selecciona dos de los refranes pronunciados por Sancho Panza y trata de expresar lo mismo con otras palabras.

❑ ¿Estás de acuerdo con las sentencias y los argumentos de Sancho a la hora de juzgar? Justifica la respuesta.

*Comparación con otras obras*

❑ Lee uno de los más divertidos entremeses de Cervantes: *La elección de los alcaldes de Daganzo*; a continuación compara la actuación de Sancho impartiendo justicia y la del villano que protagoniza aquella pieza.

❑ Repasa una vez más los capítulos 45, 47 y 49 de la segunda parte del *Quijote*; verás cómo Casona en la farsa ha seleccionado cinco muestras del ingenio de Sancho a la hora de juzgar, pero ha dejado fuera otros casos. Selecciona cualquiera de ellos y escríbelo a la manera del teatro; puede valerte el caso del jugador afortunado (cap. 49).

❑ A partir de la actividad anterior, reunid las versiones dramáticas de tres casos distintos; con la ayuda del profesor integradlas en una sola pieza que podría leerse en voz alta en clase e incluso intentar su representación.

❑ El doctor Pedro Recio alecciona a Sancho acerca de los males de comer y beber. Prolonga tú por escrito su argumentación en contra del tabaco y las drogas.

❑ Busca en alguna videoteca películas basadas en un juicio, como *Doce hombres sin piedad* o *Algunos hombres buenos*. Una vez visto el filme, redacta un pequeño trabajo acerca de cómo se impartía justicia antes y ahora.

❑ Puede organizarse un debate en clase a partir de la rigurosa actitud del doctor frente al hambre de Sancho; se tocarán temas como los métodos de adelgazamiento, la moda del culto al cuerpo, la anorexia, los peligros de comer y beber en exceso.

*Realización de debates*

❑ A partir del pleito de la buscona y de las afirmaciones de Sancho acerca de la mujer —«¿Qué griterío es este? Mujer ha de ser para tanto ruido?»— se organizará un debate en torno a la visión de la mujer en la literatura, tanto en la época clásica como en la actualidad.

**Entremés del mancebo que casó con mujer brava**

❑ Señala las referencias temporales presentes en la obra.

*Comparación con otras obras*

❑ Lee de nuevo el Ejemplo XXXV de *El conde Lucanor*; a continuación comenta los elementos inventados por Alejandro Casona.

❑ En una edición de las *Obras Completas* de Shakespeare encontrarás una obra que escenifica este mismo cuento de origen persa: se trata de *La fierecilla domada* (*The Taming of the Shrew*). De esta obra se hizo también una película protagonizada por Elisabeth Taylor. Lée la obra —si puedes, mira también la película— y luego compárala con la pieza de Casona: ¿en qué elementos de la historia insiste más cada uno de los autores?

❑ En 1999 el director Heath Ledger dirigió la comedia *10 razones para odiarte*, centrada en dos hermanas adolescentes y huérfanas de madre; una es simpática y dulce, la otra antipática y agresiva con los chicos; el padre solo deja salir a una si va acompañada por la otra, de modo que los amigos de aquella tienen que procurar «domar» a esta; por fin uno lo consigue. La acción se desarrolla en un colegio de Secundaria estadounidense. Procura conseguir la película y a continuación comenta cómo el director ha adaptado el tema que venimos estudiando.

❑ Escoge otro cuento de *El conde Lucanor* (te recomiendo el Ejemplo XXXII «De lo acontecido a un rey

*Las relaciones de pareja, el adulterio o el triángulo amoroso son temas recurrentes en la literatura de todos los tiempos. Ilustración del* Manuscrito Sloane.

con unos burladores que hicieron un paño», porque dio lugar a otro entremés de Cervantes titulado *El retablo de las maravillas*) para que lo escribas nuevamente a la manera teatral.

❑ Volvamos al género narrativo. Imagina una historia parecida a la de esta farsa de Casona, pero ambientada en la época actual; a continuación escribe un cuento basado en ella, con la misma o distinta moraleja final.

*Realización de debates*

❑ Como consecuencia de lo anterior, se puede debatir en clase acerca de si los métodos empleados por el mancebo serían todavía válidos en la actualidad.

❑ Otro tema sugestivo para debatir se centraría en torno a la violencia doméstica y la violencia ejercida sobre los animales ¿Es lícito utilizar a los animales al servicio exclusivo de los seres humanos?

**Farsa del cornudo apaleado**

❑ Subraya las referencias al vestuario y a la escenografía presentes en esta farsa.

❑ Comparaciones y metáforas abundan en el prólogo a la *Farsa del cornudo apaleado*; subraya y comenta alguna de ellas.

*Comparación con otras obras*

❑ Resulta inagotable el caudal de historias reunidas en *El Decamerón*. En cada Jornada los cuentos tratan de un tema concreto; en la séptima —de donde procede el que sirvió de origen a esta farsa— se trata de «Las burlas que, por amor o por salvarse, hacen las mujeres a sus maridos, notándolo ellos o no». Lee cualquiera de los otros relatos y vuelve a escribirlo a la manera teatral.

❑ En *El Patrañuelo*, de Juan de Timoneda —fuente de otra de las piezas aquí reunidas— hay una divertida historia de adulterio; se trata de la Patraña VIII. Léela y comenta las analogías y diferencias con la *Farsa del cornudo apaleado*. Señala los lugares en donde aparece el refinado sensualismo del texto de Casona.

❑ En el prólogo, el criado de Mícer Boccaccio expone una serie de ideas enormemente sustanciosas, como la supremacía de la naturaleza sobre la educación. Este tema aparece tratado en dos obras literarias muy conocidas: *La vida es sueño*, de Calderón de la Barca, y *Amor y pedagogía*, novela de Miguel de Unamuno. Procura leer cualquiera de ellas; a continuación explica quién triunfa allí, la educación o la naturaleza.

❑ El tema del adulterio o del triángulo amoroso se desarrolla en una interminable nómina de películas. Te recuerdo solo tres de ellas de muy diferente estilo: *La mujer de al lado*, de François Truffaut; *Annie Hall*, de Woody Allen, y *Los puentes de Madison*, de Clint Eastwood. Procura ver alguna de ellas; luego inventa tú una breve historia con este tema, ambientada en nuestros días.

❑ El cineasta italiano Pier Paolo Pasolini rodó en 1971 una divertida adaptación de algunos cuentos del *Decamerón*. Intenta ver la película para comentar luego

*Escena del* Decamerón, *de Boccaccio, en una miniatura francesa del siglo XV. La* Farsa del Cornudo apaleado *procede de esta obra de Boccaccio.*

su modo de adaptar a Boccaccio en comparación con Alejandro Casona.

*Realización de debates*

❑ Una frase del prólogo permite plantear un debate en torno a la libertad de expresión, la censura, las palabras prohibidas o tabúes y la relación entre lenguaje y realidad: «Ninguna palabra es mala por sí misma, y más a menudo está la malicia en los oídos del que escucha que en los labios del que cuenta».

❑ Otro tema para debatir: las relaciones entre la educación y la naturaleza y la forma en que deberían equilibrarse tanto en los planes de estudio como en el comportamiento humano.

**Fablilla del secreto bien guardado**

❑ Resume la actitud del padre en esta pieza.

❑ Busca en el texto la moraleja desarrollada. A continuación escribe un relato en que este mismo consejo aparezca ambientado en época diferente y con distintos personajes.

❑ Señala aquellas palabras de Leonela en las que manifiesta su resentimiento social.

*Comparación con otras obras*

❑ Dentro de la literatura española este mismo tema se desarrolla de forma magistral en *La Celestina,* de Fernando de Rojas. Lee la obra o ve cualquiera de sus dos versiones cinematográficas; a continuación compara cómo se plantea este tema en una y otra obra.

❑ El cambio repentino en la fortuna de una persona acaba de ser recreado de forma muy divertida por Woody Allen en una película reciente: *Granujas de medio pelo* (*Small Time Crooks*); puedes verla, para comparar la moraleja de su fábula con la que aquí desarrolla Casona.

❑ Sustituye el descubrimiento del tesoro por acertar una quiniela sustanciosa o ganar un gran premio en la lotería; a continuación escribe una pequeña fábula dramática ambientada en nuestra época con estos mismos personajes. Puedes variar a tu gusto el desenlace.

*Realización de debates*

❑ Un tema para debatir puede encontrarse en esta frase de Leonela: «Los pobres están bien para servir a la mesa; para sentarse, no».

❑ Cuando se sabe rica, Leonela abandona sus ocupaciones anteriores: a partir de esta conducta se discutirá en clase si el trabajo debe considerarse un medio para sobrevivir o también una fuente de realización personal ¿Qué haría cada uno con su trabajo si fuera muy rico? Redáctese un breve texto.

## Farsa y justicia del Corregidor

❑ Subraya y explica los latinismos y tecnicismos jurídicos presentes en el habla del Corregidor.

*Comparación con otras obras*

❑ Dos temas se mezclan en la obra: la exaltación de la gastronomía y la corrupción de la justicia. Sobre el primero —el hambre, la necesidad de alimentos— hay páginas memorables en nuestra literatura clásica, en especial dentro de la novela picaresca. Lee los tres primeros tratados del *Lazarillo de Tormes* así como el capítulo tercero de *El Buscón* de Quevedo; luego compara la visión de la comida en los distintos textos. Puedes comparar también la actitud del Corregidor y de Sancho Panza con respecto a esta cuestión.

❑ En el capítulo 20 de la segunda parte del *Quijote* se cuentan las bodas de Camacho el rico, en las que sirven un suculento menú; entre lo que se describe allí y en esta farsa, diseña tú un gran banquete de época.

❑ El Corregidor está afectado por uno de los pecados capitales: la gula. Por eso le dice al posadero «Que más le valiera a la República perder sus monumentos y su historia que perder un cocinero como tú». En una película de Marco Ferreri —*La gran comilona (La grande bouffe)*— se lleva hasta el extremo el análisis de este vicio. Trata de verla y a continuación expresa por escrito tu opinión sobre la afición excesiva a la comida.

❑ Lee atentamente la forma en que el Corregidor describe la manera de cocinar del Posadero; a continuación selecciona tú de algún suplemento dominical de periódico cualquier receta especialmente compleja; imagina que la has probado y describe por escrito sus sabores a un compañero.

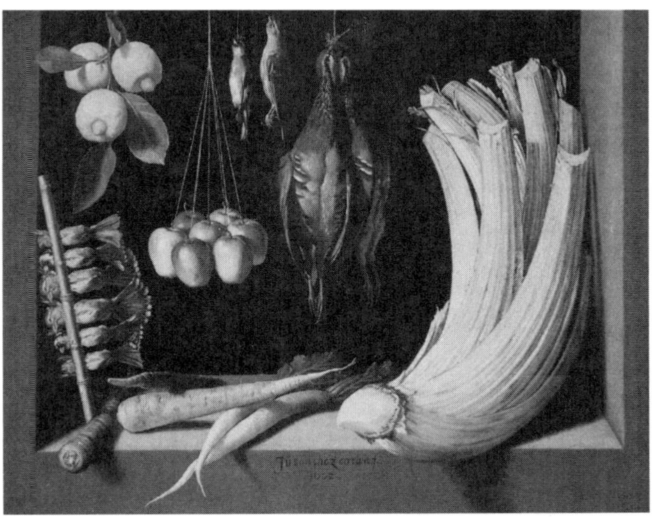

*La afición a los placeres materiales, sobre todo comer y beber, es uno de los elementos significativos de la cultura popular presentes en estas piezas de Casona.* Bodegón de caza, hortalizas y frutas, *de Sánchez Cotán (1602).*

*Investigación*

❑ El Corregidor en la segunda parte de la pieza comete un delito llamado prevaricación, por el que han sido castigados varios jueces en España durante los últimos años. Busca en la prensa reciente algún caso de corrupción judicial y redacta con la información un pequeño reportaje.

*Dramatización*

❑ La conducta del Corregidor resulta injusta para los agraviados. Como en el caso anterior, busca en la prensa o a través de lo que te cuenten tus familiares algún caso de mal funcionamiento de la justicia; a continuación escribe una sencilla dramatización del juicio.

❑ Lee otra vez las primeras palabras del Corregidor acerca de las diversas edades del hombre y sus pecados capitales correspondientes. Añade a la lista los pecados anteriores a los veinte años y posteriores a los sesenta.

*Realización de debates*

❑ Como tema de discusión se puede abordar la visión de la mujer a lo largo de todas estas piezas.

❑ Partiendo de la afirmación hecha por el Corregidor de que «La cocina artística está reservada al genio del hombre», se debatirá acerca de si hay oficios especialmente recomendados para hombres o mujeres.

❑ Por último, se discutirá con datos precisos acerca de si en general la Justicia cumple bien su cometido en la España de hoy.

# GLOSARIO DE FIGURAS Y TÉRMINOS LITERARIOS ANOTADAS EN *RETABLO JOVIAL*

**Aféresis:** Supresión de una sílaba al comienzo de palabra. Por ejemplo: «tate» por «estáte», en el *Entremés del mancebo que casó con mujer brava* (pág. 73).

**Alegoría:** Metáfora continuada en la que unos hechos imaginarios se corresponden con otros hechos reales. Aquí en la *Farsa del cornudo apaleado* afirma Beatriz refiriéndose a la pasión amorosa: «una buena boloñesa nunca deja morir de sed a un viajero si el agua está en sus manos» (pag. 102).

**Anáfora:** Reiteración de una o más palabras al comienzo de varias frases o versos; a menudo se combina con el paralelismo. Recuerda cuando Sancho dice: «¿Que "el pan, el vino y la carne hacen buena sangre"? ¿Que "al buen comer, tres veces beber"? ¿Y que "al catarro, dale un buen jarro"?» (pag. 56).

**Anticlímax:** Lo contrario del clímax, es decir, la culminación de la tensión descendente; es lo que ocurre en la *Farsa del cornudo apaleado* al final, cuando los tres protagonistas acaban cogidos del brazo (pag. 116).

**Clímax:** Punto de máxima tensión dramática o retórica en una obra. En la *Farsa del cornudo apaleado* se produce en la escena II, cuando Anichino golpea a Egano disfrazado de mujer (pag. 113).

**Comparación:** Relación entre dos términos establecida por sus semejanzas externas y marcada por un nexo comparativo. El sastre de la *Farsa y justicia del Corregidor* se lamenta es estos términos: «Esta mañana mi mujer estaba llena y redonda como una manzana, y ahora está floja y escurrida como un odre» (pág. 150).

**Concatenación:** Repetición de palabras o esquemas sintácticos a través de una intensificación o gradación progresiva. Véase, por ejemplo, cuando se pregunta al reo por lo que hizo con los alimentos del cazador en *Farsa y justicia del corregidor* (pág. 143).

**Hipérbole:** Exageración en el engrandecimiento o denigración de algo. Véase la afirmación de la buscona en la farsa de *Sancho Panza en la ínsula*: «¡Pues bonita es la niña! Tenazas y martillos, mazos y escoplos no serían bastante a sacármela de entre las uñas» (pág. 63).

**Ironía:** Expresión que da a entender lo contrario de lo que se dice; se combina con el doble sentido al final de la *Farsa del cornudo* *apaleado,* cuando Beatriz afirma: «¡Es la primera vez que el amor hace felices a tres al mismo tiempo!» (pág. 116).

**Metáfora:** Identificación o sustitución de un objeto real por otro imaginario que guarda con aquel ciertas semejanzas. En la *Farsa del cornudo apaleado* dice Egano que tiene las «costillas santiguadas», es decir, crucificadas o maltratadas (pág. 114).

**Personificación:** Atribución de cualidades humanas a animales o seres inanimados. Para expresar su desconfianza dice Beatriz a su esposo en la *Farsa del cornudo apaleado*: «¿Quién me asegura que este negocio tan secreto no tiene los ojos negros?» (pág. 95).

**Retrospección:** Ruptura del orden cronológico lineal para volver a acontecimientos ocurridos en un tiempo anterior. Un ejemplo muy claro lo encontramos en la *Farsa del cornudo apaleado,* escena I, cuando Anichino recuerda lo ocurrido en Francia tres años atrás (pág.100).

**Teatro del absurdo:** Corriente dramática de gran originalidad surgida en Francia a partir de 1950. Su principal figura fue Eugène Ionesco, escritor francés de origen rumano, nacido en Slatina, Rumania, en 1912, y fallecido en París, en 1994 (véase la Introducción, pág. 16).

## NUEVA BIBLIOTECA DIDÁCTICA

*Lazarillo de Tormes*
Anónimo

*Poesía romántica*
Bécquer, Rosalía de Castro, Espronceda...

*Fuente Ovejuna*
Lope de Vega

*Cuentos españoles del siglo* XIX
«Clarín», E. Pardo Bazán...

*Selección nueva de romances viejos*

*Cuentos medievales españoles*
*Calila y Dimna, El conde Lucanor...*

*Marianela*
Benito Pérez Galdós

*Pasos y entremeses*
Lope de Rueda, Cervantes, Calderón

*Antología poética del Siglo de Oro*

*Bajarse al moro*
José Luis Alonso de Santos

*Siete leyendas y una carta*
Gustavo Adolfo Bécquer

*Antología poética*
Antonio Machado y Juan Ramón Jiménez

*Retablo jovial*
Alejandro Casona

*Zalacaín el aventurero*
Pío Baroja

*Días del Desván*
Luis Mateo Díez